Abd Al-Karim

ALADDIN UND DIE WUNDERLAMPE

Märchen aus 1001 Nacht

Bibliografische Information der Deutschen Nationalbibliothek:
Die Deutsche Nationalbibliothek verzeichnet diese
Publikation in der Deutschen Nationalbibliografie; de-
taillierte bibliografische Daten sind im Internet über
http://dnb.dnb.de abrufbar.

Herstellung und Verlag: BoD – Books on Demand, Norderstedt

ISBN **9783755753247**

ALADDIN
UND DIE
WUNDERLAMPE

In einer der reichsten und größten Städte, Kaifang am Gelben Fluss, lebte der Schneider Mustapha. Auch wenn die Stadt reich war, mit wohlhabenden Kaufleuten und noch wohlhabenderen Mitgliedern des Kaiserreiches, ging es Mustapha nicht gut. Er war arm. Er arbeitete zwar von früh bis spät in die Nacht hinein, aber es reichte nicht hinten und vorn. Kaum brachte er seine Frau und seine Kinder über die Runden.

Sein Sohn Aladdin kümmerte sich nicht darum. Er lebte sorglos und fröhlich vor sich hin, spielte auf der Straße mit ebenso sorglosen und fröhlichen Kindern, als lebte er in Saus und Braus. Er hörte weder auf seinen Vater noch seine Mutter, wenn sie ihn darum baten, mitzuhelfen – kurz gesagt, sie machten sich große Sorgen um ihn, ob er jemals sein Brot würde verdienen können, um sich und seine Familie zu ernähren. Wie oft hatten sie ihn ermahnt, wenigstens einen kleinen Teil beizutragen, damit seine kleinen Geschwister etwas zu essen hätten. Aus der näheren Verwandtschaft hatte er sich bereits den nicht gerade ehrenvollen Beinamen als Nichtsnutz und Schande der ganzen Familie erworben.

Aber da sich Eltern immer vor ihre Kinder stellen, auch wenn sie noch so missraten sind, nahmen sie ihn sogar in Schutz und erfanden unglaubliche Geschichten über ihn, lobten seinen Fleiß und seinen ausgeprägten Familiensinn. Wer ihnen die Geschichten abnahm, fragten sie nicht. Aber Nachbarn und Anverwandte, die einen besseren Einblick in die Familienverhältnisse besaßen, taten so, als hätten sie Auskünfte wie diese nie angezweifelt.

Als Aladdin das Alter erreichte, um einen Beruf zu erlernen, nahm ihn sein Vater in die Lehre. Er sollte lernen, wie er eine Nadel zu führen oder die Armlänge einer Jacke zu messen hatte, aber alle Bemühungen seines Vaters waren umsonst. Es schien, als sei er zu nichts zu gebrauchen. Doch Aladdin ließ sich nichts mehr sagen. Ständig ärgerte sich sein Vater und schimpfte über ihn. Irgendwann verlor er die Geduld und ließ ihn machen, was er wollte. Er schien sich nicht mehr um ihn zu kümmern, obwohl er immer an ihn denken musste. Es dauerte auch nicht lange, bis er sich hinlegte und starb.

Aladdin, der sich, kaum dass sein Vater begraben war, nicht mehr unter der Kontrolle seines Vaters fühlte, gab sich jetzt völlig seinem lockeren Lebenswandel hin und verbrachte seine Zeit damit, den ganzen Tag mit seinen Freunden auf der Straße zu verbringen. Er lebte, als gäbe es kein Morgen und kümmerte sich nicht um die Nöte seiner Mutter und seiner Geschwister. Er konnte sich nicht vorstellen, dass er jemals für sein Brot werde arbeiten müssen. Eine Änderung trat ein, als er das fünfzehnte Lebensjahr erreichte.

Etwa um diese Zeit, als er sich wieder mit seinen Freunden auf der Straße herumtrieb, ging am Straßenrand ein Fremder entlang, der ihn interessiert beobachtete, dann stehenblieb, wieder weiterging und überlegte. Er kehrte wieder um und ließ ihn nicht aus den Augen. Der Fremde war erst vor zwei Tagen aus Afrika eingereist. Von Haus aus war er ein afrikanischer Magier. Immer noch hielt er sein wachsames Auge auf Aladdin gerichtet, als fürchtete er, ihn im Gewimmel seiner sich jagenden Kumpels zu verlieren.

Das Wesen Aladdins, seine Mimik, sein Verhalten den übrigen Straßenjungen gegenüber schien ihn zu interessieren. Er war fasziniert von ihm und hielt ihn für einen Kandidaten, der für die Erfüllung seiner Pläne geeignet war. Von seinen Kumpels auf der Straße erfuhr er seinen Namen, seine Geschichte und all das, was ihn interessierte. Als er alles über ihn wusste, ging er zu ihm, nahm ihn zur Seite und fragte:

‚Heißt Dein Vater nicht Mustapha?‘

‚Ja, das stimmt,‘ antwortete er, ‚aber er ist schon lange tot.‘

Nach diesen Worten schlang der afrikanische Magier seine Arme um Aladdins Hals, der versuchte, sich von ihm zu lösen, aber er hielt ihn fest und küsste ihn nicht einmal sondern mehrmals. Tränen schossen ihm in die Augen und er sagte:

‚Ich bin Dein Onkel! Dein wunderbarer Vater war mein Bruder! Ich wusste es gleich, als ich Dich zum ersten Mal gesehen habe. Du siehst ihm so ähnlich!‘

Dann gab er Aladdin eine Hand voll kleinerer Münzen und sagte:

‚Geh, mein Sohn, zu Deiner Mutter! Richte ihr all meine guten Wünsche und Liebe aus und sage ihr, dass ich sie morgen besuchen werde. Ich wünschte, ich könnte sehen, wo mein guter Bruder gelebt und dann auch gestorben ist.‘

Aladdin rannte zu seiner Mutter und zeigte ihr freudig das Geld, das ihm der Onkel gegeben hatte.

‚Mutter' fragte er, ‚habe ich einen Onkel?

‚Nein, mein Kind!' antwortete seine Mutter, ‚Du hast weder einen Onkel von Vaters Seite noch von meiner.'

‚Ich komme gerade von einem Mann,' sagte Aladdin, ‚der behauptet, dass er mein Onkel sei und der Bruder meines Vaters. Er weinte und küsste mich, als ich ihm erzählte, dass mein Vater tot ist. Dann gab er mir Geld. Ich soll Dir all seine Grüße und Liebe überbringen. Er versprach, Dich zu besuchen, um das Haus zu sehen, in dem mein Vater lebte und starb.'

‚Tatsache ist nun Mal, mein liebes Kind,' erwiderte seine Mutter, ‚dass Dein Vater keinen Bruder hatte. Auch hast Du keinen Onkel.'

Am nächsten Tag entdeckte der Magier, dass Aladdin sich auf einmal in einem anderen Stadtteil mit seinen Freunden herumtrieb. Auf wundersame Weise hatte er es erfahren und war schnurstracks in den neuen Stadtteil gefahren. Er umarmte ihn wie am Tag zuvor, legte zwei Goldstücke in seine Hand und sagte:

‚Bring das Deiner Mutter! Sag ihr, dass ich heute Abend zu ihr komme. Bitte sie, dass sie uns etwas zum Abendessen kocht. Aber zuerst zeig mir das Haus, in dem Ihr gelebt habt.'

Aladdin zeigte dem afrikanischen Magier das Haus und gab die zwei Goldmünzen seiner Mutter. Misstrauisch betrachtete sie die zwei glänzenden Münzen in ihrer Hand, denn sie wusste aus Erfahrung, dass ihr bisher niemand etwas geschenkt hatte, ohne etwas dafür zu wollen. Schließlich stammten die Goldstücke von einem Onkel, den es nicht gab.

Misstrauisch schaute sie die Münzen noch eine Weile an, wurde aber von ihrer Anziehungskraft überwältigt. Sie konnte ihr nicht widerstehen. Wenn jemand arm ist wie sie, versuchte sie sich zu überreden, muss man seine Vorsätze überdenken. Einfach, um nicht zu verhungern. Manchmal musste sie Grenzen, die sie sich selbst gesteckt hatte, aus diesem Grunde auch überschreiten. Sie ging gleich auf den Markt und kaufte großzügig für das Abendmahl ein.

Das Besteck lieh sie sich von ihrer Nachbarin, mit der sie befreundet war und die ihr im Notfall immer zur Seite stand. Sie verbrachte den ganzen Tag, um das Essen bis zum Abend vorzubereiten. Als sie so weit war, dass sie den Tisch decken konnte, sagte sie zu ihrem Sohn:

‚Vielleicht weiß unser Gast nicht, wo wir wohnen. Schau mal draußen nach, ob Du ihn siehst.'

Aladdin zog sich gerade seine Schuhe an, um auf die Straße zu gehen, als der Magier an die Tür klopfte. Er trat ein, mit einer Flasche Wein und einigen Früchten für das Dessert, während Aladdin ihn gleich ins Esszimmer führte. Er begrüßte Aladdins Mutter, nachdem er ihr die Gastgeschenke überreicht hatte, und bat sie, ihm den Platz zu zeigen, auf dem sein Bruder Mustapha gewöhnlich auf dem Sofa saß. Als sie auf den Platz in der Sofaecke zeigte, fiel er auf seine Knie, küsste ihn überschwänglich und schrie, mit Tränen in den Augen:

‚Mein armer Bruder! Wie unglücklich ich bin! Wie traurig, dass ich nicht rechtzeitig bei Dir war, um Dich ein letztes Mal zu umarmen!'

Aladdins Mutter lud ihn ein, sich auf den gleichen Platz zu setzen, aber er lehnte ab.

‚Nein!' sagte er, ‚ich werde das nicht tun! Aber erlaube mir wenigstens, dass ich mich ihm gegenübersetze, damit ich zwar nicht das Familienoberhaupt sehen kann, aber den Platz, auf dem er jeden Abend gesessen hatte.'

Als er endlich den richtigen Platz gefunden hatte, um die Sitzecke Mustaphas genau vor sich zu haben, begann er, sich mit Aladdins Mutter zu unterhalten und Fragen zu stellen.

‚Meine gute Schwester!' fing er an, ‚sei bitte nicht überrascht, dass Du mich nie gesehen hast, als Du noch mit meinem Bruder Mustapha verheiratet warst. Ich lebte vierzig Jahre lang im Ausland. Während dieser Zeit unternahm ich viele Reisen, wie nach Indien, Persien, Arabien und Syrien. Danach schiffte ich mich nach Afrika ein und wählte Ägypten zu meinem ständigen Hauptwohnsitz.

Schließlich ist es, glaube ich, ganz natürlich, dass ich wieder mein Heimatland sehen wollte. Mein Land, wo ich geboren wurde, wie mein Bruder Mustapha auch. Bei dieser Gelegenheit wollte ich ihn nach so langer Zeit wieder in die Arme schließen. Ich fühlte mich auch stark genug, die lange Reise auf mich zu nehmen.'

‚Nach den Vorbereitungen fuhr ich in den nächsten Hafen Ägyptens und fand auch ein Schiff, das bereit war, mich mitzunehmen. Nichts hat mich in meinem Leben so niedergeschmettert, als ich erfahren musste, dass mein Bruder tot ist. Allah, der Allmächtige, entscheidet aber darüber. So bin ich froh und überglücklich, dass ich in seinem Sohn Aladdin die gleichen Gesichtszüge finde, wie bei meinem geliebten Bruder Mustapha. Er besitzt eine verblüffende Ähnlichkeit mit ihm.'

Als der afrikanische Magier bemerkte, dass die Witwe in Erinnerung an ihren Mann zu weinen anfing, wechselte er das Thema und wandte sich an ihren Sohn Aladdin:

,Welsches Geschäft betreibst Du? Arbeitest Du irgendwo?'

Nach dieser Frage senkte Aladdin seinen Kopf und starrte vor sich hin. Seinem Gesicht sah man an, dass es ihm peinlich war, darüber zu reden. Er wusste nicht, was er sagen sollte. Wie erleichtert war er dann, als seine Mutter für ihn antwortete:

,Aladdin ist ein Nichtsnutz. Er scheut die Arbeit und treibt sich den ganzen Tag auf der Straße herum. Sein Vater gab sich alle Mühe, als er noch lebte, ihn für seinen Beruf zu begeistern, aber es war umsonst. Nach seinem Tod, ich muss es leider sagen, tut er nichts als faulenzen. Er vertreibt sich die Zeit auf der Straße mit seinen Kumpels, die die unsinnigsten Dinge anzustellen. So, wie Du ihn auch gesehen hast.

‚Er denkt keinen Augenblick daran, dass er kein Kind mehr ist. Und wenn Du als sein Onkel ihn nicht auf irgendeine Art beschämst und auf den rechten Weg führst, sehe ich voraus, dass es mit ihm ein schlechtes Ende nehmen wird. Was mich betrifft, bin ich inzwischen so weit, dass ich ihn eines Tages aus dem Haus werfen werde. Dann kann er selbst sehen, wie er zurechtkommt. Dann ist es auch Schluss damit, sich an den gedeckten Tisch zu setzen und seinen Hunger zu stillen.‘

Nach diesen Worten brach Aladdins Mutter in Tränen aus. Und der Magier sagte:

‚Das ist nicht gut, mein Neffe! Du musst Dich selbst aus dem Sumpf der Arbeitsscheuen und Nichtsnutze herausziehen. Du selbst hast es in der Hand. Kein anderer wird es für Dich tun. Also denk darüber nach, ehe es zu spät ist. Denn es gibt jede Menge Arbeit für Dich. Interessante Arbeit, bei der Du viel Geld verdienen kannst, während Deine Freunde auf der Straße ihre Zeit vergeuden. Vielleicht ist Dir die Arbeit als Schneider, mit der Euch mein Bruder ernährte, zuwider und du möchtest etwas anderes tun.

Ich werde Dir helfen, etwas anderes zu finden. Wenn Dir ein Handwerk nicht zusagt, werde ich Dir ein Geschäft einrichten, mit unzähligen Sorten von Leinen und wertvollen Stoffen. Solltest Du Erfolg damit haben, könntest Du Deine Geschäfte erweitern und zum Beispiel auch mit frischen Obst- und Gemüseangeboten handeln.'

‚Auf diese Weise hättest Du die Chance, ein ehrenvolles Leben zu führen. Ich würde mich freuen, wenn Du auf meinen Vorschlag eingehen würdest. Vielleicht sagt er Dir zu. Vielleicht möchtest Du aber auch lieber etwas anderes tun. Zum Beispiel, einfach nur dasitzen und zuschauen, wie die anderen arbeiten. Wenn Du Dir einbildest, Du könntest ohne Arbeit reich werden – ja, dann versuch's! Aber ohne mich! Auf mich kannst Du nur zählen, wenn Du das tust, was ich Dir sage. Im Gegenzug findest Du bei mir immer ein offenes Ohr. Und verlass Dich darauf, dass ich mein Versprechen immer halten werde.

Der Vorschlag des Magiers gefiel ihm. Einerseits dachte er an den Reichtum, der ihn wie ein Magnet anzog. Andererseits hasste er die Arbeit. Wie aber jeder weiß, muss auch ein Händler die Ware einkaufen, sie lagern und im Schaufenster ausstellen und anbieten, vielleicht den Kunden beraten und ihm freundlich begegnen, damit er wiederkommt. Aladdin sagte dem Magier, dass er gerne als Kaufmann arbeiten würde. Wenn er ihm dabei helfen würde, werde er ihm immer dankbar sein.

‚Nun,‘ sagte der afrikanische Magier, ‚wenn Du Dich entschieden hast, werde ich Dich morgen abholen. Kleide Dich gut, wie die besten Kaufleute der Stadt! Anschließend werden wir das Geschäft eröffnen, wie ich es Dir versprochen habe.‘

Die Witwe zweifelte auch nicht mehr länger, dass der Magier der Bruder ihres Mannes war, nachdem sie gesehen hatte, wie er sich um ihren Sohn kümmerte. Sie dankte ihm dafür und für seine Hilfe, die er ihm anbot. Als sie ihrem Sohn noch einmal ans Herz gelegt hatte, sie und seinen Onkel nicht zu enttäuschen und ihm zu zeigen, dass er seine Gunst wohl verdient hätte, servierte sie endlich das Abendessen, bei dem sie dann über andere Themen sprachen. Der Magier verabschiedete sich und dankte, bevor er mit eiligen Schritten das Haus verließ.

Am nächsten Tag war er wieder da. Er nahm Aladdin zu einem Kaufmann mit, der alle Arten von Bekleidungsstücken anbot. Er bat Aladdin, sich etwas auszusuchen. Als er sich im Spiegel betrachtete, dankte er ihm noch einmal für seine Großzügigkeit. Der Magier erwiderte:

‚Da Du bald ein Kaufman sein wirst, wäre es gut, wenn Du Dich häufiger in diesen Läden sehen lässt und Dich mit ihren Besitzern anfreundest.‘

Dann zeigte ihm der Magier die größten und schönsten Moscheen der Stadt, führte ihn zu den Khans und den feinen Gasthäusern, wo die Kaufleute und Reisenden logierten. Anschließend ging es zum Palast des Sultans, zu dem er freien Zutritt hatte. Zum Schluss stellte er ihn seinem eigenen Khan vor, nachdem er unterwegs noch einige Kaufleute getroffen hatte.

Mit ihnen hatte er sich bereits seit seiner Ankunft bekannt gemacht, sie eingeladen und, wie es der Zufall wollte, konnte er bei dieser Gelegenheit auch seinen angeblichen Neffen vorstellen, der bald sein eigenes Geschäft in ihrer Nachbarschaft eröffnen würde.

Das gesellige Zusammensein dauerte bis in die Nacht hinein, als Aladdin sich verabschiedete und nachhause ging. Der Magier wollte nicht, dass er seinen Onkel einfach so verließ. Er begleitete ihn noch bis zu seiner Mutter, die ihren Sohn in der neuen Kleidung kaum erkannte. Sie wollte sich aus Dankbarkeit vor ihm niederwerfen, wie es in der Region üblich war, aber er ließ es nicht zu. Mit tausend Dankesausrufen und Segenswünschen für den Magier verabschiedete sie sich von ihm.

Früh am nächsten Morgen holte ihn der Magier wieder ab, um mit ihm einen ganzen Tag auf dem

Land zu verbringen. Am Tag darauf wollte er das Ladengeschäft beim Notar auf Aladdins Namen eintragen lassen. Aber bis dahin konnte er noch sein Ziel verfolgen, Aladdin die Schönheiten der ländlichen Außenbezirke näher zu bringen. Der Magier hatte das Gefühl, dass Aladdin sein Stadtgebiet nie verlassen hatte.

Er führte ihn zum nächsten Stadttor, um die Stadt zu verlassen. Sie gingen an prunkvollen Palästen vorbei, mit blühenden und duftenden Gärten, die jeder betreten durfte. Sobald sie an einem schönen Palast vorbeikamen, versäumte der Magier nicht, ihn zu fragen, wie er ihm gefalle. Aladdin war jedes Mal begeistert und rief mit lauter Stimme:

‚Hier ist etwas, Onkel, das schöner aussieht als alles, was ich bisher gesehen habe.'

Mit diesem geschickten Kunstgriff führte der raffinierte Magier Aladdin auf einer Straße entlang, die zu zahlreichen landwirtschaftlich genutzten Feldern führte. In ihrer Nachbarschaft entdeckte der Magier einen wunderschönen, blühenden Garten, in dessen Mitte ein felsiger Brunnen mit drei Wasser speienden Löwen errichtet war.

‚Komm hierher, lieber Neffe!' sagte der Magier, ‚Du must so müde sein wie ich. Lass uns etwas ausruhen. Um so kräftiger werden wir dann sein, wenn wir weitergehen.'

Der Magier nahm einen Beutel von seinem Gürtel und reichte Aladdin einige frische Früchte und Kuchenstücke. Beide genossen die Pause und blickten auf die schöne Hügelkette in der Ferne, als der Magier auf einmal das Wort ergriff und seinen Neffen ermahnte, schlechte Gesellschaft zu meiden, die ihm nur die Zeit stehlen würde, aber sonst keinen guten Einfluss auf ihn hätte. Vielmehr sollte er danach streben, sich mit klugen Freunden zu umgeben, von denen er allein schon durch die Unterhaltung viel lernen könnte.

,Denn,' fuhr er fort, ,Du wirst bald Besitzer eines Anwesens sein. Du kannst nicht früh genug damit anfangen, von Gleichgesinnten und Gleichvermögenden zu lernen – ja, sie sogar zu imitieren.'

Als sie sich gestärkt hatten, setzten sie ihre Wanderung fort, gingen entlang der vielen gepflegten Gärten, die nur durch einen schmalen Pfad voneinander getrennt waren, um die Grenzen zu markieren, aber den einheitlichen Charakter des Landschaftsbildes bewahrten. Es sei ein gutes Zeichen, bemerkte der Magier, dass sich die Besitzer der Anwesen gut verstanden. Mit diesem Hinweis wollte der Magier im Grunde genommen nur die Gleichgültigkeit seines Neffen aufrütteln, die er den schönen Gärten entgegenbrachte.

Sie durchquerten verschiedene Gärten, überwanden einige Bachläufe und näherten sich allmählich der Bergregion, die einige Stunden zuvor noch als blaues Band in der Ferne schillerte. Hier fasste der Magier zwei Berge gleicher Höhe ins Auge, die von einem engen Tal voneinander getrennt waren. In dieser Umgebung wollte er seinen Plan verwirklichen, erzählte er seinem angeblichen Neffen, der ihn von Afrika hergeführt hatte.

‚Wir werden nicht eher weitergehen,‘ sagte er zu Aladdin, ‚bis ich Dir einige außergewöhnliche Dinge zeigen konnte, für die Du mir, wenn Du sie gesehen hast, sehr dankbar sein wirst. Aber, während ich hier versuchen werde, ein paar Funken in meinen Feuerschwamm zu schlagen, bitte ich Dich, ein paar trockene Zweige zu sammeln, damit wir ein schönes loderndes Feuer entfachen können.‘

Aladdin häufte einen großen Vorrat trockener Zweige neben das Feuer, während der Magier mit einem Teil davon ein loderndes Feuer entfachte. Als es lichterloh brannte, streute der Magier einige Räuchermittel in die Flamme und sprach verschiedene Worte in einer fremden Sprache, die Aladdin nicht verstand.

Kaum hatte er das letzte Wort gesprochen, öffnete sich direkt vor ihm die Erde. Es zeigte sich ein Stein, in dem ein Messingring eingelassen war.

Aladdin bekam einen riesigen Schreck. Instinktiv wollte er weglaufen, aber der Magier hielt ihn fest und versetzte ihm einen harten Schlag, der ihn augenblicklich niederstreckte. Aladdin versuchte sich aufzurichten, aber es gelang ihm nicht. Er zitterte am ganzen Leib und fragte, mit Tränen in den Augen:

‚Was habe ich denn getan, Onkel, dass Du mich so behandelst? Bin ich etwa Dein Sklave?'

‚Ich bin Dein Onkel,' antwortete der Magier, ‚und ich vertrete hier Deinen Vater. Im Grunde solltest Du nicht fragen und keine Angst haben. Denn ich bitte Dich um nichts anderes, als dass Du mir absolut gehorchst. Du wirst dadurch eines Tages viele Vorteile haben, die ich Dir verschaffen werde. Du musst nämlich wissen, dass unter diesem Stein ein großer Schatz verborgen liegt. Er ist für Dich bestimmt. Und er wird Dich reicher machen als jeden König.'

‚Keine andere Person als Du darf diesen Stein hochheben. Wenn Du Dich entschließen solltest, Dich in die Höhle herabzulassen, musst Du genau tun, was ich Dir sage. Solltest Du meine Anweisungen nicht befolgen, bringst Du uns beide in Gefahr – ja, unser beider Tod ist dann besiegelt.'

Aladdin, der davon sehr beeindruckt war, vergaß alles, was in der Vergangenheit zwischen ihnen vorgefallen war, und sagte:

‚Ich habe verstanden, Onkel! Was muss ich tun? Gib mir einen Befehl, und ich werde gehorchen.'

‚Ich bin überglücklich, mein Sohn!' sagte der afrikanische Magier, ‚und umarmte ihn. Greif Dir jetzt den Ring und hebe den Stein hoch!'

‚Tatsache ist, lieber Onkel, dass ich nicht so stark bin, wie Du denkst! Du musst mir helfen!'

‚Du wirst von mir keine Hilfe erhalten,' antwortete der Magier. ‚Wenn ich Dir helfe, haben wir beide so viel getan wie nichts. Ergreife den Ring und Du wirst sehen, dass es nicht schwer ist.'

Aladdin tat, was der Magier von ihm verlangt hatte, hob den Stein, ohne sich anstrengen zu müssen, und legte ihn zur Seite. Dort, wo der Stein gelegen hatte, gähnte ihm ein tiefes, dunkles Loch entgegen. Als er sich darüber bückte, entdeckte er eine Treppe, die drei oder vier Fuß nach unten führte. Auf der unteren Ebene erkannte er im diffusen Licht eine schwere Holztür, mit eisernen Beschlägen.

‚Steig jetzt die Treppe herab, mein Sohn,' sagte der afrikanische Magier, ‚und öffne die Tür. Sie wird Dich zu einem Palast führen, der in drei unterschiedliche Hallen aufgeteilt ist. In jeder wirst Du vier große Zisternen aus Messing sehen, die bis zum Rand mit Gold und Silber gefüllt sind. Aber davon darfst Du Dich nicht beeindrucken lassen.'

‚Bevor Du die erste der drei Hallen betrittst, musst Du unbedingt darauf achten, dass Du Deine Kleidung hochbindest. Wickle alles fest um Deinen Körper, hier hast Du eine Schnur. Durchquere die zweite Halle bis zur dritten, ohne irgendwo stehen zu bleiben. Auf alle Fälle musst Du unbedingt darauf achten, dass Du mit Deiner Kleidung nirgendwo die Wände berührst. Solltest Du tatsächlich so dumm sein, es zu tun, wirst Du augenblicklich sterben.'

‚Am Ende der dritten Halle wirst Du eine Tür sehen, die Dich in einen Garten führt. Er ist mit üppig tragenden Obstbäumen bepflanzt. Auch diese haben Dich nicht zu interessieren. Gehe schnurstracks durch den Garten zu einer Terrasse, in der Du eine Nische sehen wirst. Darin leuchtet strahlend eine Lampe. Hole sie von ihrem Podest und lösche sie. Sobald Du den Docht entfernt und die Flüssigkeit ausgegossen hast, stecke die Lampe in Deinen Gürtelsack und bringe sie zu mir.'

‚Kümmere Dich nicht darum, wenn die Flüssigkeit Deine Kleidung beschmutzt. Denn es ist kein Öl. Deine Kleidung wird trocknen, sobald du die Lampe herausgenommen hast.'

Nach seinen letzten Anweisungen nahm er seinen Ring ab, steckte ihn an den Ringfinger Aladdins und sagte:

Das ist ein Talisman für Dich, der Dich vor allem Bösen beschützen wird. Aber nur so lange, wie Du meinen Befehlen folgen wirst. Geh jetzt los und beweise mir, dass Du mutig bist. Dann werden wir beide reich sein'

Aladdin stieg die Treppe hinunter. Er öffnete die Tür und sah vor sich die drei Hallen, wie sie der afrikanische Magier beschrieben hatte. Mit aller Vorsicht durchquerte er sie. Aus Angst vor einem schnellen Tod lief er, ohne sich ablenken zu lassen, durch den Garten, fand auch die Nische in der Terrasse, holte die Lampe von ihrem Podest, warf den Docht weg, goss die Flüssigkeit aus und, wie es der Magier befohlen hatte, steckte die Lampe in seine Gürteltasche.

Als er auf dem Rückweg von der Terrasse zurückkam und sah, dass seine Kleidung völlig trocken geblieben war, wagte er doch, sich im Garten umzusehen. Er war von der Blütenpracht und den bunten

Früchten an den Bäumen so ergriffen, dass er stehen bleiben musste. Er wollte sie etwas näher betrachten, sie anfassen und prüfen, ob sie genießbar waren. Jede einzelne Frucht hatte eine andere Farbe.

Einige von ihnen waren weiß, andere wiederum durchsichtig und kristallklar, dann welche, die ein helles Rot zeigten, andere wiederum ein dunkleres. Weiter oben in den höheren Zweigen sah er grüne, blaue, purpurfarbige und gar gelbe Früchte. Kurz und gut, es gab Früchte in allen erdenklichen Farbtönen. Die weißen Früchte waren in Wirklichkeit Perlen, die kristallklaren schienen glasklare Diamanten zu sein, die tiefroten vielleicht Rubine, die grünen Smaragde, die blauen Türkise, sowie die purpurfarbigen sicher Amethyste und die gelben Saphire.

Aladdin, der sich nicht vorstellen konnte, welchen Wert er in seinen Händen hielt, hätte sich in seinem kindlichen Gemüt lieber Feigen, Trauben oder Granatäpfel gewünscht. Aber da er die Erlaubnis seines Onkels hatte, entschloss er sich, einige von jeder Sorte einzusammeln und seine zwei neuen Gürteltaschen damit zu füllen. Einige steckte er noch in seine Hosentaschen, die anderen in seine hochgebundene Weste, weitere in sein Hemd, das sich dadurch zu einem Bauch wölbte, als hätte er sich unterwegs so richtig satt gegessen.

Aladdin dachte nicht weiter über den Wert nach, den er bei sich trug. Er kehrte mit größter Vorsicht durch die drei Hallen zurück und erreichte auch bald den Ausgang. Dort sah er im Gegenlicht bereits den afrikanischen Magier, der ungeduldig in das tiefe Loch zu ihm hinunterstarrte und auf ihn wartete.

‚Gib mir doch Deine Hand, Onkel, und hilf mir,‘ schrie Aladdin, ‚ich bin so schwer beladen, dass ich es nicht allein schaffe!‘

‚Gib mir zuerst die Lampe!‘ antwortete der Magier, ‚es ist sonst zu umständlich für Dich!‘

‚Wirklich, Onkel! Du hast Recht!‘ erwiderte Aladdin, ‚aber ich habe mich mit den farbigen Früchten so schwer beladen, dass ich die Lampe nicht erreichen kann. Ich gebe sie Dir, sobald ich oben bin!‘

Der afrikanische Magier hatte sich aber entschieden, Aladdin erst zu helfen, wenn er von ihm die Lampe erhalten hatte. Und Aladdin war außer Stande, ihm die Lampe hochzureichen. Die Situation war so angespannt, dass der Magier sämtliche Kontrolle über sich verlor, seinen Enkel anschrie, dass er wirklich zu nichts tauge, und nicht einmal seinen Befehlen folgen könne, obwohl er es versprochen hatte.

Er stampfte drei Mal auf den Boden, so dass sich der Boden unter ihm wölbte und eine Öffnung zeigte, in die der Magier hineinsprang. Als Aladdin weiter nach oben stieg und gerade dabei war, nach dem Magier zu schauen, musste er seinen Kopf einziehen, denn mit einem Höllengeräusch setzte sich die schwere Platte in Bewegung und schloss sich über ihm.

Aladdin schrie auf, warf sich vor lauter Wut gegen die steinerne Platte, aber er konnte nichts ausrichten. Er saß im Dunkeln auf der Treppe, seine ursprüngliche Wut schlug nun um in ein leises Wimmern, das immer lauter wurde, in den Augen sammelten sich die ersten Tränen - ja, er war gefangen. Der angebliche Onkel, nach dem er in seiner Verzweiflung dennoch schrie, hatte ihn sich selbst überlassen.

Er saß wie gelähmt auf der untersten Stufe und weinte. Ihm wurde allmählich bewusst, dass er irgendwann vor Hunger und Durst immer schwächer würde, sich gerade noch zu einem Gebet würde aufrichten können, dann aber sich seinem Schicksal ergeben und einschlafen würde. Er sah sich schon als weißes Gerippe liegen. Niemand würde nach ihm gesucht haben, denn niemand hätte geahnt, wo er sich mit seinem angeblichen Onkel zuletzt aufgehalten hatte.

Es begann für ihn die Zeit, die nicht enden wollte, die ihn aber zwang, über sein bisheriges Leben nachzudenken. Er musste an die magischen Bücher zuhause denken, die er gelesen hatte. Für ihn erschien nun der angebliche Onkel in einem anderen Licht. Er war eine Abart des Teufels, der ihn für seine Zwecke benutzt hatte, um in den Besitz der Lampe und dadurch zu unermesslichem Reichtum zu kommen. Einem Reichtum, der größer sein würde als jemals ein König besitzen könnte.

Nach den einfachen magischen Regeln, an die er sich noch erinnern konnte, weil Aladdin sie zwei Mal gelesen hatte, um sie sich einzuprägen, hätte der afrikanische Magier, sein angeblicher Onkel, nicht persönlich die Lampe holen dürfen. Er brauchte jemanden, den er an seiner Statt vorschicken konnte. Auf wundersame Weise oder durch Zufall hatte er Aladdin gefunden, den er kurz und bündig als seinen Neffen erklärte.

Durch eine Mischung aus Freundlichkeit und Autorität wollte er ihn zu seinem gehorsamen Erfüllungsgehilfen erziehen. Da aber sein klug eingefädelter Plan in die Brüche ging, sah er keine Möglichkeit mehr, auf irgendeine Weise in den Besitz der Lampe zu kommen. Er machte sich wieder auf den Weg nach Afrika. Dabei mied er die Stadt, ging auch jeder Begegnung mit ihren Einwohnern aus dem Weg, die ihn in

Begleitung mit Aladdin gesehen haben könnten, so dass keine Nachforschungen über ihn oder Aladdin erfolgen konnten.

Seine Schreie verhallten in der Dunkelheit der Höhle. Niemand hörte sie. Er tastete sich auf den Stufen hinunter und wollte wieder zurück in den Palast gehen. Aber die Tür, die sich vorher durch Zauberkraft leicht öffnen ließ, war nun durch die gleichen magischen Formeln verschlossen.

Er wurde dadurch noch verzweifelter, fing noch lauter zu schreien an, brach wieder in Tränen aus und ging zurück zur Treppe, um sich auf die unterste Stufe zu setzen. Lange Zeit verbrachte er, wechselte von verzweifelten Lauten bis zu absoluter Stille, als er sich allmählich beruhigte.

Er hatte alle Hoffnung aufgegeben, jemals wieder das Tageslicht sehen zu können - ja, er war so weit, in der Dunkelheit auch seinen Tod hinzunehmen. In seiner Not sagte er:

‚Es gibt im Grunde nichts, was stärker und machtvoller ist als die Allmacht Allahs.'

Und als er seine Hände gegeneinander rieb, um zu beten, berührte er dabei den Ring, den ihm der Magier an den Finger gesteckt hatte. Unmittelbar danach erschien ein furchteinflößend aussehender Dschinni vor ihm und fragte:

‚Was wünschst Du, mein Herr? Ich bin hier, um Dir zu dienen. Ich werde immer der Person dienen, die den Ring an ihrem Finger trägt, wie auch die anderen Sklaven verpflichtet sind, Dir zu gehorchen.'

Hätte er sich nicht in einer trostlosen Lage befunden, wäre er sicher durch den Anblick der grässlichen Erscheinung erschrocken. Aber die Gefahr, in der er ohne Aussicht auf Rettung steckte, ließ ihn wie einen Mann antworten, der es gewöhnt war, Befehle zu erteilen:

‚Wer Du auch immer bist, befreie mich aus diesem dunklen Verlies!'

Kaum hatte er die Worte ausgesprochen, befand er sich auch schon an dem gleichen Ort, an dem ihn der Magier verlassen hatte. Er sah um sich und konnte keinen Stein, keine aufgewühlte Erde oder gar ein Loch erkennen. Indem er Allah für seine Rettung dankte, begab er sich auf dem kürzesten Weg nachhause zu seiner Mutter.

Ihr wollte er alles erzählen, von seinen Abenteuern mit dem angeblichen Onkel. Sie war die einzige Person, die schon von Beginn an zweifelte und mehrmals wiederholte, dass mit ihm irgendetwas nicht stimmte. Sie wusste, dass weder sie noch ihr verstorbener Mann einen Bruder besaß.

Als er durch die Tür seines Elternhauses ging und seine Mutter sah, wurde ihm schwindlig vor den Augen. Er musste sich auf das Sofa setzen, wo er wie tot dasaß und nur langsam zu sich kam. Er erzählte ihr die schrecklichen Erlebnisse mit dem Magier, von dem er berichten konnte, dass er ihn, seitdem ihn der Dschinni befreit hatte, nicht mehr gesehen hatte. Allah sei gedankt, dass er ihn wahrscheinlich wieder nach Afrika verbannt hatte.

Aladdin schlief dann bis spät in den nächsten Morgen, als er seiner Mutter beim Erwachen gestand, dass er Hunger hätte wie ein Wolf. Er bat sie, ihm ein Frühstück zu machen, aber sie schaute ihn traurig an, öffnete die Küchenschränke, damit er sich selbst überzeugen konnte, dass nichts zu essen da war.

‚Mein lieber Sohn,' sagte sie, ‚ich habe nicht ein einziges Stück Brot für Dich. Du hast alles aufgegessen, als Du gestern das Haus verlassen hast. Aber ich habe ein Stück Baumwollstoff, das ich gewebt habe. Ich werde es verkaufen und dafür ein Stück Brot für Dich kaufen.'

‚Meine liebe Mutter,' erwiderte Aladdin, ‚behalte den Baumwollstoff für ein anderes Mal. Gib mir lieber die Lampe, die ich gestern mitgebracht habe. Ich gehe damit auf den Markt und werde sie verkaufen. Dann haben wir Geld genug, um Frühstück für uns beide zu kaufen, und für ein Mittagessen dazu.'

Die Mutter holte die Lampe und sagte zu ihrem Sohn:

‚Hier ist sie, aber sie ist sehr schmutzig. Wenn sie etwas sauberer wäre, könntest Du sicher einen besseren Preis erzielen.'

Sie nahm aus einer Kiste etwas feinen Sand und begann mit einem feuchten Tuch die Lampe zu säubern. Aber kaum hatte sie angefangen, die Lampe damit zu polieren, erschien vor ihr ein riesiger Dschinni und sprach mit donnernder Stimme:

‚Was wünscht Du Dir, gute Frau? Ich bin bereit, Dir als Dein Sklave zu dienen. Auch alle anderen Sklaven werden Dir dienen, wenn Du die Lampe in Deinen Händen hältst.'

Aladdins Mutter war so erschrocken, dass sie schwankte und sich mit Hilfe ihres Sohnes setzen musste. Sie lehnte sich zurück, schloss ihre Augen, als ob sie in einen Kurzschlaf versunken wäre, während

Aladdin, der den Anblick des Dchinni bereits in der Höhle erlebt hatte, die Lampe aus den Händen seiner Mutter nahm. In einem Befehlston, den er seit seiner ersten Begegnung mit ihm glaubte, anwenden zu müssen, sagte er:

,Ich bin hungrig. Bring mir etwas zu essen!'

Unmittelbar darauf verschwand der Dschinni und erschien wieder mit einem riesigen Silber-Tablett, auf dem zwölf Mahlzeiten standen, zugedeckt mit silbernen Hauben, um die Speisen warm zu halten. Sie enthielten allerfeinste Delikatessen, sechs weiße Kuchenbrote auf zwei großen Serviertellern, zwei Karaffen mit Wein und zwei Silberbecher. All das setzte er auf einen wertvollen Teppich ab und verschwand, gerade als die Mutter wieder aus ihrer Ohnmacht erwachte. Offenbar ließ sie der Duft des gebratenen Fleisches wieder zu sich kommen.

,Mutter,' sagte Aladdin, ,Du darfst keine Angst haben. Steh auf und iss. Hier gibt es etwas Herzhaftes zu essen, das Dich wieder beruhigen wird.'

Seine Mutter war außer sich vor Freude, aber auch misstrauisch. Sie hatte in ihrem Leben die Erfahrung gemacht, dass nichts umsonst war. Als sie das große Tablett sah, auf dem zwölf Mahlzeiten, sechs Kuchenbrote, die zwei Karaffen mit Wein und die silbernen Becher angerichtet waren. Auch der betörende Duft der Gewürze, den die Speisen verbreiteten, sog sie mit ihrem Atem ein und konnte sich nicht erinnern, jemals etwas Köstlicheres vorgesetzt bekommen zu haben. Dennoch beschlich sie, während sie aß, ein ungutes Gefühl. Sie befürchtete, dass sie eines Tages für den reichhaltig gedeckten Tisch mit den wertvollen Speisen einmal werde zahlen müssen.

,Kind,' sagte sie, ,sei ehrlich und sag mir, wem haben wir für diese riesige Menge an guten Speisen zu verdanken? Hat etwa der Sultan von unserer Armut erfahren und Mitleid mit uns bekommen?'

,Es spielt keine Rolle, Mutter!' sagte Aladdin, ,lass uns Platz nehmen und essen. Denn Du wirst das gute Frühstück ebenso genießen wie ich. Danach werde ich Dir erzählen, was vorgefallen ist.'

Mutter und Sohn aßen ein Frühstück, das sie in ihrem Leben noch nie serviert bekamen. Sie genossen alle Variationen der angebotenen Fleisch- und Fischsorten, probierten hier und dort, tranken zwischendurch Wein aus einer der Karaffen, aber von Zeit zu Zeit konnte Aladdins Mutter sich nicht verkneifen, voller Bewunderung auf das immer noch reichlich gefüllte Tablett zu schauen, von dem sie nicht wusste, ob es aus Silber war oder einem anderen Metall.

‚Ich würde mich freuen, wenn Du mir jetzt erzählen würdest, was Du mit dem Dschinni besprochen hast, als ich noch bewusstlos war.'

Er erzählte ihr alles. Schließlich hatte er vor ihr keine Geheimnisse. Sie hörte zu, was ihr Sohn über das Erscheinen des Dschinni erzählte und sagte zu ihm:

‚Mein lieber Sohn! Was haben wir denn mit den Dschinnis zu tun? Ich habe nie gehört, dass unsere Verwandten oder Bekannten jemals einen Dschinni gesehen hätten. Wie kam es denn, dass ein wild aussehender Dschinni ausgerechnet vor mir erschienen ist und nicht vor Dir, der ihn doch zum ersten Mal in der Höhle gesehen hat?'

‚Mutter!' sagte Aladdin, ‚der Dschinni, den Du gesehen hast, ist nicht der gleiche Dschinni, der bei mir war. Du bist einem Dschinni begegnet, der sich als Dein Sklave bezeichnete, weil Du die Lampe gerieben und danach immer noch in der Hand behalten hast. Aber ich glaube, dass Du ihn gar nicht wahrgenommen hast, weil Du in Ohnmacht gefallen bist.'

‚Aber, ich bitte Dich!' schrie seine Mutter, ‚Mein Sohn! Nimm sie weg, ich kann sie nicht mehr sehen! Stelle sie irgendwo hin, wo es Dir gefällt. Ich wünschte eher, Du würdest sie verkaufen, als Dich in Gefahr zu begeben. Und wenn Du meinen Rat annehmen würdest, dann solltest Du auch den Ring verkaufen. Du solltest nichts mit Dschinnis zu tun haben! Sie sind, wie unser Prophet es verkündet, Verbündete des Satans!'

,Wenn Du erlaubst, Mutter,' antwortete Aladdin, ,ich soll also nach Deinem Rat eine Lampe verkaufen, die für Dich und für mich außerordentlich nützlich sein kann? Dieser falsche und verrückte Magier hätte nie eine dermaßen weite Reise aus Afrika unternommen, wenn er nicht ihren Wert gekannt hätte – einen Wert, der den des Goldes und Silbers in der Schatzkammer des Sultans bei Weitem übersteigt. Und da wir auf ehrlichem Wege in ihren Besitz gekommen sind, gehört sie uns. Lass sie doch ab und zu sehr nützliche Dinge für uns tun, ohne dass wir uns vor unseren Nachbarn damit brüsten und ohne ihren Neid zu erwecken.'

,Aber wenn Dich die Lampe so erschreckt hat, dann will ich sie zur Seite stellen. Den Ring zu verkaufen - nein, dazu kann ich mich nicht entschließen. Denn ohne ihn hättest Du mich nie wiedergesehen. Auch dass ich immer noch am Leben bin, habe ich ihm zu verdanken. Deshalb hoffe ich, dass Du mir erlauben wirst, den Ring zu behalten und ihn auch immer zu tragen.'

Aladdins Mutter antwortete zu guter Letzt, dass er damit machen könne, was er wolle. Was sie betrifft, hätte sie nie etwas mit Dschinnis zu tun gehabt. Und so soll es bleiben.

Am nächsten Abend hatten sie alle Essensreste vom letzten Tag aufgegessen, die der Dschinni gebracht hatte. Aladdin wollte wissen, ob sich ein Käufer für einen seiner Silberteller finden würde. Er steckte ihn unter seine Jacke, um ihn auf dem Markt zu verkaufen. Schon unterwegs begegnete er einem Interessenten, dem er den Silberteller anbot. Er fand, nachdem er ihn gründlich untersucht hatte, dass er aus gutem Silber war und fragte, was er dafür verlange.

Aladdin, der nie einen Handel wie diesen abgeschlossen hatte, sagte ihm, er würde ihm vertrauen und wartete auf sein Angebot. Der Käufer hingegen merkte sofort, dass Aladdin nicht den wahren Wert seines Tellers kannte - ja, dass er vielleicht nicht einmal wusste, dass er aus purem Silber war. Er bot ihm ein Goldstück, das dem sechzehnten Teil des tatsächlichen Wertes entsprach. Aladdin ergriff hastig das Goldstück und wendete sich mit schnellen Schritten dem Markt zu, um dort Obst und Brot für sich und seine Mutter zu kaufen.

Der Käufer, immer noch nicht glücklich mit dem außergewöhnlichen Gewinn seines Handels, ärgerte sich, dass er die Unwissenheit Aladdins nicht noch mehr ausgenutzt hatte, rannte hinter ihm her und wollte noch einen Teil des Goldstücks zurückfordern, aber Aladdin war zu schnell, er konnte ihn nicht einholen. Auf dem Nachhauseweg kaufte er noch beim Bäcker etwas Kuchenbrot, wechselte sein Geld und gab den Rest seiner Mutter.

Auf diese Weise lebten sie, bis sie alle zwölf Teller verkauft hatten. Wie es der Zufall wollte, war der Käufer immer der gleiche, der es aber nicht wagte, den Preis noch weiter zu drücken. Er fürchtete, dass er diesen günstigen Handel gefährden könnte, wenn er den Bogen überspannte.

Als Aladdin alle Teller verkauft hatte, nahm er das Tablett und ging auf den Markt. Es wog zehn Mal mehr als alle Teller zusammen und war so groß und unhandlich, dass er es nicht bis zum bisherigen Käufer tragen wollte. Er kam auf die Idee, den Goldschmied aus der Nachbarschaft mit nachhause zu nehmen, der ihm, ohne zu zögern, zehn Goldstücke auf die Hand gab.

Als wiederum alles Geld ausgegeben war, nahm Aladdin Zuflucht zur Lampe. Er nahm sie in die

Hand, suchte nach der Stelle, die seine Mutter mit feinem Sand geputzt hatte, und rieb sie. Sofort erschien vor ihm der Dschinni und sagte:

‚Was wünscht Du? Ich will Dir gehorchen als Dein Sklave. Ebenso diene ich allen als Sklave, die die Lampe in ihrer Hand halten. Das Gleiche würden auch die anderen Sklaven tun.'

‚Ich bin hungrig,' sagte Aladdin, ‚bring mir etwas zu essen.'

Der Dschinni verschwand augenblicklich und kehrte mit einem Tablett zurück. Auf ihm stand die gleiche Anzahl Teller, sie waren mit je einer Silberhaube zugedeckt. Als Aladdin nach einer längeren Zeit wieder feststellte, dass alle Speisen zur Neige gingen, nahm er wieder einen Teller und machte sich auf den Weg zu einem Käufer. Unterwegs kam er wieder bei dem Goldschmied vorbei, der in der geöffneten Tür seines Ladens stand. Er hatte Aladdin schon mehrmals gesehen und rief ihn zu sich:

‚Mein Junge, ich kann mir vorstellen, dass Du wieder etwas zu dem Typen trägst, um etwas zu verkaufen. Vielleicht weißt Du nicht, dass er der größte Schurke unter den Aufkäufern ist. Ich will Dir den wahren Wert Deiner Silberwaren zahlen. Von mir wirst Du nicht betrogen. Wenn ich von Dir genug Silber auf-

42

gekauft habe, führe ich Dich zu anderen Händlern, die Dich auch nicht betrügen werden.'

Durch das Angebot verleitet, zog Aladdin seinen Silberteller aus seiner Jacke und übergab ihn dem Goldschmied. Beim ersten Blick stellte er fest, dass er aus feinstem Silber hergestellt wurde. Er fragte Aladdin, ob er einen Teller wie diesen an den Aufkäufer verkauft hätte. Als Aladdin ihm sagte, er hätte insgesamt zwölf Teller von der gleich guten Qualität an den Aufkäufer verkauft, indem er eine Goldmünze für jeden Teller erhielt, schrie der Goldschmied auf:

,Was für eine Schurke! Dieser Verbrecher!' schrie er, ,Aber,' fügte er hinzu, ,was vergangen ist, ist vorbei. Ich zeige Dir den Wert Deines Tellers, der aus feinstem Silber besteht, und Du wirst sehen, um wieviel er Dich betrogen hat.'

Er holte seine Goldwaage und stellte sie auf den Tisch. Anschließend legte er den Teller Aladdins darauf und zeigte ihm auf der Skala, dass sein Teller in Wirklichkeit sechzig Goldstücke wert sei. Er war auch bereit, Aladdin sofort diesen Preis zu zahlen. Ab sofort ging Aladdin nur noch zu diesem Goldschmied, wenn er etwas verkaufen wollte.

Obwohl Alladdin und seine Mutter durch die Lampe einen unerschöpflichen Reichtum besaßen, und sich im Grunde alles hätten leisten können, was sie sich wünschten, lebten sie nach wie vor sparsam wie zuvor. Man kann deshalb davon ausgehen, dass Aladdin durch den Verkauf der Teller und des Tabletts eine sehr lange Zeit seinen Unterhalt und den seiner Mutter bestritt.

In dieser Zeit besuchte Aladdin die angesehensten Kaufleute der Stadt, die mit wertvollen Stoffen handelten, in die Gold- und Silberfäden eingewebt worden waren. Auch interessierten ihn Läden, in denen Leinen, Seide und Edelsteine in den verschiedensten Variationen angeboten wurden. Oft nahm er an ihren Unterhaltungen teil, lernte auf diese Art sehr viel über ihre Handelswaren und ihre Herstellungsweisen kennen - es war seine sympathische Erscheinung, die ihn überall willkommen hieß.

Durch die Bekanntschaft mit einigen Juwelieren und Goldschmieden der Stadt erfuhr er durch Zufall, dass die Früchte, die er zusammen mit der Lampe von den bunten Obstbäumen gepflückt und eingesammelt hatte, nicht aus Glas bestanden, sondern echte Edelsteine waren. Er hatte einen der roten Glassteine einem Juwelier gezeigt, der ihn sofort als wertvollen Rubin erkannte und ihm einen hohen Preis dafür anbot. Aladdin war aber schlau genug, seine Sammlung weiterhin als Glasmurmeln zu bezeichnen, auch seiner Mutter gegenüber.

Als er eines Tages durch die Stadt ging und Besorgungen für seine Mutter erledigen wollte, hörte er einen Aufruf der Stadtregierung, dass die Prinzessin Buddir al Buddor, die Tochter des Sultans, in die Stadt käme, um dort das berühmte Bad zu besuchen. Aus diesem Anlass sollten die Bürger ihre Läden schließen und zuhause bleiben.

Aladdin hingegen wollte unbedingt das Gesicht der Prinzessin sehen, von dem einige seiner Bekannten in der Stadt erzählten, dass es ausgesprochen schön sei, so schön, dass einige junge Männer am Straßenrand mit offenen Mündern dastanden und kein einziges Wort über ihre Schönheit herausbrachten.

Er kam auf die Idee, sich hinter der Tür des Bades zu verstecken, um sich selbst davon ein Bild zu machen, ob sie wirklich so schön war. Er musste auch nicht lange warten, als die Prinzessin erschien. Sie wurde von vielen Hofdamen, Sklaven und Offizieren begleitet, die vor und neben ihr gingen, um sie zu beschützen. Als sie drei oder vier Schritte von Aladdins Tür entfernt war, nahm sie ihren Schleier ab und verschaffte ihm die Möglichkeit, sie in ihrer viel besungenen Schönheit zu betrachten.

Die Prinzessin strahlte tatsächlich einen ungeheuren Reiz auf ihn aus. Ihre Augen waren groß und
wurden von langen Wimpern beschattet. Ihr Lächeln
nahm ihn sofort für sich ein. Es war betörend, ihre
schöne, wohlgeformte Nase zu sehen. Ihr Mund war
klein, ihre vollen Lippen leuchteten rot - es war deshalb nicht verwunderlich, dass Aladdin, der nie in seinem Leben etwas Schöneres gesehen hatte, von ihrer
Erscheinung wie geblendet war. Nachdem die Prinzessin inzwischen weitergegangen und ins Bad gestiegen
war, verließ Aladdin sein Versteck und eilte nachhause.

Seine Mutter bemerkte gleich, dass mit ihm etwas geschehen war, denn seine Stimmung schwankte
von einem Extrem zum anderen - er blickte melancho-
lisch durchs Fenster und schaute den vorbeiziehenden
Wolken nach, dann fing er plötzlich zu lachen an und
machte auf sie den Eindruck, als hätte er jemanden getroffen, der ihn völlig aus dem Gleichgewicht brachte.
Sie fragte ihn, was mit ihm los sei oder ob er sich krank
fühlte. Er erzählte ihr, was er gerade erlebt hatte und
gestand ihr:

‚Ich liebe die Prinzessin mehr als ich sagen
kann, und ich habe mich entschlossen, beim Sultan um
ihre Hand zu bitten.'

Aladdins Mutter verschlug es erst einmal die Sprache, als sie hörte, dass er die Tochter des Sultans heiraten möchte. Sie fing auf einmal an, laut zu lachen.

‚Mein liebes Kind!' sagte sie, ‚woran denkst Du denn? Du klingst, als ob Du verrückt geworden bist!'

‚Ich versichere Dir, Mutter,' erwiderte Aladdin, ‚dass ich nicht verrückt bin, sondern bei klarem Verstand! Ich habe schon gewusst, dass Du mich für wahnsinnig hältst oder gar für überspannt. Aber ich sage Dir nochmals, dass ich entschlossen bin, den Sultan darum zu bitten, seine Tochter heiraten zu dürfen.

Ich zweifle auch nicht, dass ich Erfolg haben werde. Mir stehen die Sklaven der Lampe und die meines Rings zur freien Verfügung. Sie werden mir helfen. Und Du weißt, wie mächtig sie sind. Ich besitze noch ein anderes Geheimnis, das ich Dir noch nicht verraten habe.'

‚Die Glasstücke, die ich aus dem Garten des unterirdischen Palastes mitbrachte, sind Juwelen von unschätzbarem Wert. Sie würden den Machtvollsten Königen gefallen, denn Juwelen dieser Art besitzen sie nicht. Alle wertvollen Edelsteine unserer Juweliere sind nichts im Vergleich zu meinen Edelsteinen. Weder in ihrer Größe noch in ihrer Reinheit und Schönheit.

Ich bin mir sicher, dass ich durch diese Edelsteine die Zustimmung des Sultans erhalten werde.'

‚Verstehe ich Dich richtig,‘ fragte die Mutter, ‚dass Du sie kaufen willst? Ist das nicht überaus schändlich, was Du treibst?'

‚Ich will sie nicht kaufen, Mutter!‘ erwiderte er, ‚aber ich muss dem Sultan beweisen, dass ich imstande bin, seine Tochter standesgemäß zu heiraten und sie mit ihrem gewohnten Luxus zu unterhalten. Du besitzt eine große Porzellanschüssel, die ich mit meinen Edelsteinen füllen will. Vielleicht könntest Du sie holen, damit wir uns überzeugen können, wie gut die Edelsteine darin aussehen, wenn wir sie, entsprechend ihren Farben, geschmackvoll präsentieren wollen.'

Aladdins Mutter holte aus dem tiefsten Regal die Porzellanschüssel. Aus seinen zwei Ledertaschen, in denen er sie bisher aufbewahrt hatte, entnahm er einige Hände voll Edelsteine und legte sie in die Schüssel. Die Strahlkraft und der Glanz der Edelsteine beeindruckten Aladdin und seine Mutter so sehr, dass sie instinktiv spürten: Der Sultan würde von dem Reichtum des Brautbewerbers nicht nur begeistert sein, er würde selbst einen Großteil dieser Edelsteine und Juwelen in seiner Schatzkammer haben wollen.

Denn Edelsteine in dieser Qualität und in dieser Größe hatte er sicher noch nie gesehen. Davon waren Aladdin und seine Mutter überzeugt. Das heißt, er würde der Einzige weit und breit sein, der sie besitzt. Aladdins Mutter, ermutigt durch den Anblick der Juwelen, sah eine Chance für ihren Sohn, wenn er nur nicht so einfältig wäre. Sie bot sich deshalb an, persönlich zum Sultan zu gehen und für ihren Sohn zu werben.

Am nächsten Morgen noch vor Tagesanbruch stand er auf und weckte seine Mutter. Er drängte sie, zum Palast des Sultans zu gehen und um eine Audienz zu bitten, damit sie noch vor den Vezieren und den Offizieren beim Sultan vorgelassen werde. Als sie zu den Toren des Palastes kam, ließen die Wächter gerade die Großveziere, ihre Stellvertreter und Hofräte in den Palast. Von niemandem daran gehindert, gelang es auch ihr, mit ihnen in den Palast zu gelangen und bis zum Divan vorzudringen.

Sie eroberte sich, geschickt wie sie war, noch einen Platz, direkt vor dem Sultan. Damit war aber noch nichts gewonnen. Der Großvezier und die bedeutenderen Ratsherren, die als Ratgeber des Sultans auf seiner rechten und linken Seite saßen, riefen strittige Fälle auf, die beraten, beurteilt und entschieden wurden. Aladddins Mutter sah im Gesicht des Sultans, wie sehr er sich dabei langweilte. Im großen Ganzen überließ er die Verhandlungen auch seinen Vezieren. Er schien davon genug zu haben und entschied sich, den Divan abzubrechen. Der Großvezier und die anderen Berater erhoben sich mit dem Sultan und zogen sich in ihre Gemächer zurück.

Als Aladdins Mutter zusah, wie der Sultan, seine Berater und alle anderen Besucher den Saal verließen, schloss sie daraus, dass die Veranstaltung frühzeitig beendet wurde. Sie hatte, wenn sie jetzt wieder nachhause ging, nichts erreicht und fürchtete, dass Aladdin in seinem verliebten Zustand wenig Geduld aufbringen würde, ihr überhaupt zuzuhören. Zu Aladdin sagte sie:

‚Mein Sohn, ich habe den Sultan gesehen, und ich bin davon überzeugt, dass er auch mich gesehen hat. Denn ich saß direkt vor ihm. Aber er war dermaßen von Bittstellern belagert und mit Eingaben und Rechtsgutachten überhäuft, dass ich ihn bedauerte – ja, ich hatte Mitleid mit ihm und bewunderte ihn, weil er so viel Geduld mit all den Leuten hatte, die ihn bedrängten. Ich glaube, dass er dann auch sehr müde wurde, denn er erhob sich plötzlich und hörte nicht mehr zu, wenn Bittsteller etwas zu ihm sagten. Er verschwand in seine Gemächer.‘

,Darüber war ich im Grunde genommen auch froh, denn ich war auch schon müde, so lange dort zu sitzen. Ich verlor die Geduld und ging nachhause. Aber es ist nichts verloren, denn ich werde morgen wieder hingehen. Vielleich wird dann der Sultan weniger beschäftigt sein.'

Am nächsten Morgen erschien sie wieder sehr früh vor dem Palast des Sultans. Aber als sie durch das Tor zum Divan gehen wollte, merkte sie, dass es verschlossen war. Sie wartete dann auch nicht mehr lange, sondern schlug gleich den Weg nachhause ein. Sie wiederholte ihren Gang zum Sultan sechs Mal, setzte sich immer wieder direkt vor ihn, aber mit dem gleichen Erfolg wie die übrigen Male. Am siebten Tag jedoch, nachdem der Divan wieder abgebrochen wurde, und der Sultan in seine Gemächer ging, sagte sie zum Großvezier:

,Ich habe vor einiger Zeit eine bestimmte Frau beobachtet, die jeden Tag hier zur Audienz erschien, mit etwas, das in eine Serviette eingewickelt war. Sie stand jedes Mal auf, von Beginn an bis zum Zeitpunkt, da der Divan abgebrochen wurde. Sie saß direkt vor mir. Wenn diese Frau morgen wieder erscheint, denke daran, sie aufzurufen, damit ich hören kann, was sie zu sagen hat.'

Der Großvezier senkte seinen Kopf und überlegte. Als er wieder hochschaute, gab er ihr ein Zeichen, das folgendes versprach: er würde sich köpfen
lassen, wenn er am nächsten Morgen nicht daran denken würde, sie dem König vorzustellen.

Am nächsten Tag, als wieder eine Audienz
stattfand, besuchte Aladdins Mutter wieder den Divan.
Sie setzte sich wie üblich direkt vor den Sultan, während unmittelbar darauf der Großvezier den Träger der
königlichen Insignien aufrief, die Mutter Aladdins dem
König vorzustellen. Sie folgte ihm auf der Stelle. Als sie
vor dem Sultan stand, beugte sie ihren Kopf bis zum
Teppich, der vor dem Sultan ausgebreitet war. In dieser Stellung verharrte sie, bis sie vom Sultan aufgefor-
dert wurde, aufzustehen und vor ihn zu treten. Kaum
befand sie sich vor dem Sultan, sprach er zu ihr:

‚Gute Frau, Ich habe Dich beobachtet, dass Du
mehrmals zu meinem Divan gekommen bist. Was
bringt Dich hierher?‘

Nach diesen Worten warf sich Aladdins Mutter
wieder vor seine Füße. Als sie sich erhob, sagte sie:

‚Sultan! Hochwohlgeboren! Ich bitte Sie, meine
dreiste Bitte zu verzeihen, bevor ich sie Eurer Majestät
vorbringe. Sichern Sie mir zu, dass ich dadurch keine
Schwierigkeiten bekomme?‘

‚Es ist schon gut,' antwortete der Sultan, ‚ich will Dir verzeihen, sei es, was Du auch immer vorbringst, es wird Dir nichts geschehen. Sprich jetzt! Wir können nicht ewig warten!'

Als Aladdins Mutter all diese Vorsichtsmaßnahmen ergriffen hatte, aus Angst vor dem Zorn des Sultans, erzählte sie ihm von dem Wunsch ihres Sohnes, seine Tochter zu heiraten. Sie sagte ihm auch, dass sie nur das sage, was ihr Sohn ihr aufgetragen habe, auch wenn sie ihm oft genug davon abgeraten hätte.

Der Sultan aber hörte zu und zeigte keinerlei Erstaunen über sie und ihre Bitte. Auch ärgerte er sich nicht darüber, was sie sagte. Bevor er ihr antwortete, fragte er sie, was sie da vor sich in einer Serviette eingewickelt hätte. Sie nahm die Porzellanschüssel in ihre Hand, wickelte sie aus der Serviette und reichte sie dem Sultan. Seine Überraschung und sein Erstaunen darüber, was er vor sich auf seinen Knien sah, raubte ihm die Sprache. Er konnte sich nicht sattsehen an dem Glanz und dem Funkeln der großen Edelsteine.

Endlich hatte er sich erholt und äußerte, dass er Edelsteine in dieser Größe und Pracht, in dieser Reinheit und Strahlkraft noch nie gesehen hätte. Er nahm ihr Geschenk an, nachdem er immer und immer wieder die Juwelen in die Hand nahm. Er hielt sie gegen das Licht und lächelte glücklich - in einer seltsam fröhlichen Art, wie ihn der Großvezier und die Hofräte noch nie gesehen hatten. Er konnte nur zu Aladdins Mutter sagen:

‚Wie reich und wie schön!‘

Auch der Großvezier freute sich mit ihm, denn auch er konnte sich nicht erinnern, jemals ein stärkeres Strahlen und Glitzern von Edelsteinen gesehen zu haben, die in ihrer Intensität sogar die Eigenschaft besaßen, ihn zu blenden, wenn er sie zu lange betrachtete.

‚Gut!‘ sagte der Sultan, ‚was sagst Du zu einem derart wertvollen Geschenk? Ist es nicht genauso viel wert wie meine Tochter, die Prinzessin? Und sollte ich sie nicht jemandem anvertrauen, der sie dermaßen wertschätzt? Zu einem dermaßen hohen Preis?‘

‚Ich muss eingestehen,‘ erwiderte der Großvezier, ‚dass das Geschenk durchaus ihrem Wert entspricht. Aber ich bitte Eure Majestät, drei Monate mit Ihrer Entscheidung zu warten. Ich hoffe, dass mein Sohn, dem Sie schon einmal Ihre Gunst erwiesen haben, in dieser Zeit ein edleres Geschenk für Ihre Tochter aufbringen wird als dieser Aladdin, der im Grunde doch auch nur ein absolut Fremder für Sie ist, einer, der ihnen zugelaufen ist wie ein Hund.‘

Der Sultan gewährte ihm den Aufschub um drei Monate. Zur Mutter Aladdins sagte er:

,Gute Frau, geh nachhause und sage Deinem Sohn, dass ich seiner Bewerbung um meine Tochter zustimme. Aber ich kann im Augenblick nicht versprechen, wann ich den Zeitpunkt der Heirat festsetzen werde. Wie Du vielleicht gehört hast, bat mein Großvezier um einen Aufschub von drei Monaten für seinen Sohn, der sich ebenfalls um die Gunst meiner Tochter bewerben will. Sind die drei Monate abgelaufen, kannst Du wiederkommen.'

,Aladdins Mutter fühlte sich ausgesprochen wohl, als sie mit dieser Nachricht zu ihrem Sohn zurückkehrte. Sie war sich absolut sicher, dass er in keinem Fall den Vergleich mit dem Sohn des Großveziers scheuen müsste. Wie jede Mutter, glaubte auch sie, dass er der klügste, der schönste und der absolut reichste Bewerber um die Gunst der Prinzessin sein werde.

Dabei dachte sie auch an die zwei Gehilfen, die ihm durch die Lampe und den Ring zur Seite standen. Als sie ihrem Sohn die erfreuliche Antwort des Sultans mitteilte, welchen Erfolg auch das Geschenk Aladdins bei ihm ausgelöst hatte, schien auch er zu glauben, dass er seinem Ziel sehr nahegekommen war.

Sie versicherte ihm noch einmal, dass er ihr das Versprechen gegeben habe - ja, sie habe es aus seinem eigenen Munde gehört, dass er sich in drei Monaten entscheiden will, und dass sie nach Ablauf dieser Zeit wieder zu seinem Divan kommen könne. Aladdin betrachtete sich nun als den glücklichsten Menschen aller Zeiten und dankte seiner Mutter, dass sie sich diese große Mühe gemacht hatte, für ihren Sohn, der ihr in der Vergangenheit so viel Kummer bereitet hatte. Auch dass sie die Geduld aufgebracht hatte, sieben Tage lang noch vor Sonnenaufgang aufzustehen und zum Divan des Sultans zu gehen.

Er zählte jeden Tag, jede Woche, die nach seinem Empfinden viel zu langsam verstrichen. Als zwei Monate vergangen waren, ging seine Mutter eines Abends in die Stadt, nachdem sie gemerkt hatte, dass sie kein Öl mehr im Hause hatte. Sie wunderte sich, dass im Zentrum der Stadt jedes Haus mit Blumen und Fahnen geschmückt war und überlegte, ob sie vielleicht einen nationalen Feiertag versäumt hatte, als ihr eine Freundin entgegenkam. Sie fragte sie, welchen Feiertag sie wohl vergessen hatte.

Noch bevor sie antworten konnte, ritten mehrere Gruppen Reiter an ihr vorbei. Sie erkannte einige Offiziere, die sie beim Divan des Sultans gesehen hatte. Aber nun trugen sie eine schmucke Uniform mit unzähligen Festtagsorden an ihrer Brust. Hinter ihnen folgte ein mit Blumen und Edelsteinen geschmückter Elefant, auf dessen Rücken ein Korb mit fröhlich winkenden Hofdamen geschnallt war. Auch sie waren festlich gekleidet, mit golddurchwirkten Schals und glänzenden Umhängen, als würden sie eine Hochzeit feiern.

Die Straßen hatten sich mit unzähligen Schaulustigen gefüllt. Aladdins Mutter schob sich an ihnen vorbei und erreichte schließlich den Ölverkäufer, der vor seinem Laden stand und das Geschehen auf der Straße aufmerksam verfolgte.

‚Wo kommst Du denn her, gute Frau?' fragte er sie, ‚dass Du nichts über die Hochzeit weißt, zwischen dem Sohn des Großveziers und der Prinzessin Buddir al Buddor, der Tochter des Sultans? Die Festlichkeiten beginnen heute abends, sobald sie aus dem Bad zurückkommt. Die Offiziere, die Du dort auf den Pferden siehst, werden sie in einem Reiterumzug bis zum Palast begleiten. Und dort finden die eigentlichen Feierlichkeiten statt.'

Aladdins Mutter lief so schnell sie konnte zurück zu ihrem Sohn. Als Untergebene des Sultans war sie es gewöhnt, zu allem ja und amen zu sagen, wenn er eine Entscheidung traf. Sei es, dass er in den Krieg

zog und von jedem Bürger ein kleines Opfer verlangte -
ja, er ließ einmal sogar an die Wände schreiben, dass
jedermann seiner Bürgerpflicht nachzukommen hat,
Gold und Edelsteine zu spenden, um das Land vor dem
Angriff des Nachbarlandes zu schützen.

Aber diesmal hatte sie eine Wut im Bauch, die
sich eindeutig gegen den Sultan richtete. Sie konnte
immer noch nicht fassen, was sie da gehört hatte. Sie
fühlte sich regelrecht von ihrem Landesherrn hinters
Licht geführt. Er hatte sie betrogen und lächerlich gemacht! Wie scheinheilig er sich ihr gegenüber verhalten hatte, als er vor dem Großvezier und allen Hofbediensteten versprach, sich in drei Monaten wieder mit
ihr und ihrem Sohn, aber auch mit dem Großvezier
und seinem Sohn zu treffen.

Mit höhnischem Gelächter erzählte sie Aladdin
die Ungeheuerlichkeit des Betruges, zumal jeder
wusste, was gespielt wurde. Immerhin verbreiteten
sich Gerüchte, die in Windeseile von einer Person zur
anderen getragen wurden, dass der Sultan der Mutter
Alladins im Wort stünde, insgesamt drei Monate zu
warten, bis eine Entscheidung zur Ehe zwischen ihrem
Sohn und der Tochter des Sultans getroffen würde. Getroffen von ihm, in Anwesenheit der Mutter Alladins
und des Großveziers.

Was geschah stattdessen? Der Sultan ließ sich von seinem Großverzier überreden, die Vermählung von Buddir al Buddor mit dem Sohn des Großveziers um einen Monat vorzuverlegen. Er wusste, dass er dadurch wortbrüchig geworden war. Und er musste auch wissen, dass ein derartiges Vergehen in den Nachbarstaaten mit dem Tode bestraft wurde - gleichgültig, ob er aus dem Adelsstande kam oder ein einfacher Bürger war.

Aladdin hatte kein Verlangen, dass irgendjemand bestraft würde. Er war sich sicher, dass er durch seine angeborene Schläue anderen gegenüber im Vorteil war. Zwar hatte er von seinem Vater gelernt, Gleiches mit Gleichem zu vergelten und sich nichts gefallen zu lassen, aber instinktiv hätte er am liebsten zurückgeschlagen.

Aber er besaß einen Kopf, der denken konnte. Und wenn das nicht reichte, standen ihm immer noch zwei Dschinnis zur Verfügung, die ihm als Sklaven dienten. Aladdin war zuversichtlich und guter Dinge, während seine Mutter vor Zorn außer sich war:

‚Mein Kind!' schrie sie, ‚Ich könnte mich vor Wut in der Luft zerreißen! Du bist erledigt! Als ich in der Stadt gehört habe, dass der Sultan den Einflüsterungen seines Großveziers nachgegeben hatte und wortbrüchig wurde, sah ich buchstäblich, wie sich all unsere Hoffnungen in Luft auflösten. Die Versprechungen des Sultans waren so viel wert wie eine Null. An diesem Abend wird der Sohn des Großveziers Buddir al Buddor heiraten. Punkt!'

Auch wenn Aladdin über diese Nachricht nicht erfreut war, hoffte er, dass er durch die Lampe dem Sohn des Großveziers gegenüber im Vorteil war. Ohne sich über den Sultan oder den Großvezier aufzuregen, war er fest entschlossen, die Heirat des Großverzier-Sohnes mit allen Mitteln zu verhindern. Er ging in sein Zimmer und holte die Lampe aus ihrem Versteck. Auf der gleichen Stelle wie immer fing er an, sie zu reiben. Wie er erhofft hatte, erschien auf der Stelle ein Dschinni und fragte ihn:

,Hast Du einen Wunsch? Ich bin bereit, Dir als Dein Sklave zu dienen und Dir zu gehorchen. Die gleichen Dienste werden Dir auch alle anderen Sklaven leisten.'

,Hör mir gut zu!' sagte Aladdin, ,Du hast mir bisher gut gedient. Aber heute werde ich Dir eine sehr heikle Aufgabe stellen. Die Tochter des Sultans, die er mir als meine Braut versprach, wird an diesem Abend mit dem Sohn des Großveziers verheiratet. Bring sie beide zu mir, sobald sie sich in ihr Schlafgemach zurückziehen wollen.'

‚Mein Herr und Meister,' erwiderte der Dschinni, ‚es geschieht, wie Du mir befohlen hast!'

Aladdin aß mit seiner Mutter zu Abend, wie sie es sich gewünscht hatte. Anschließend ging er in sein Appartement, setzte sich vor sein Fenster und erwartete die Rückkehr des Dschinni. In der Zwischenzeit begannen die Feierlichkeiten zu Ehren der Hochzeit der Prinzessin Buddir al Buddor im Palast des Sultans. Die Zeremonien der Hochzeit näherten sich am Ende des Tages ihrem Ende, als sich die Prinzessin und der Sohn des Veziers in das Schlafgemach der Prinzessin zurückziehen wollten.

Kaum hatten sie es aber betreten und ihre Dienerschaft weggeschickt, hob der Sklave der Lampe zur größten Überraschung der Braut und zum größten Erstaunen des Bräutigams ihr Ehebett in die Höhe und transportierte es ins Appartement Aladdins.

‚Halte den Bräutigam,' befahl Aladdin, ‚als Deinen persönlichen Gefangenen bis morgen früh in einem eisernen Käfig gefangen. Sobald morgen die ersten Sonnenstrahlen durch mein Fenster dringen, bringe ihn wieder zu mir zurück!'

,Da Aladdin nun mit der Prinzessin allein war, bemühte er sich zuerst, ihre Befürchtungen zu zerstreuen, sie zu beruhigen und ihr zu erklären, wie sehr er durch den Sultan, ihren Vater, betrogen wurde. Dann ging er zu Bett, während er gleichzeitig sein Schwert zwischen sie legte. Es war die Gepflogenheit des Landes, aller Welt zu zeigen, dass die Braut ab jetzt unter dem Schutz des Gatten steht.

Er behandelte sie mit größtem Respekt. Vor Tagesanbruch erschien der Dschinni mit dem Sohn des Veziers zur vereinbarten Stunde, hob wieder ihr Ehebett hoch und transportierte die Prinzessin und den Sohn des Veziers in das Schlafgemach der Prinzessin.

Schon nach fünf Minuten, als sie kaum Zeit hatten, sich im eigenen Zimmer umzusehen, klopfte es an der Tür. Der Sultan selbst wollte als fürsorglicher Vater nach seiner Tochter schauen und ihr die besten Wünsche der Familie überbringen. Er blieb aber erschrocken vor dem offenen Türspalt stehen, als er seinen Schwiegersohn sah, wie er im Nachthemd in sein Umkleidezimmer rannte.

Er konnte nicht ahnen, dass der Sohn des Großveziers die Hochzeitsnacht nicht mit seiner Tochter verbracht hatte, sondern in einem eisernen Käfig eines Dschinni, im Freien bei eisiger Kälte. Er war bis auf die Knochen durchgefroren und hatte gerade vor, sich im Umkleideraum etwas Warmes anzuziehen.

Der Sultan eilte zu seiner Tochter, küsste sie auf die Stirn und fragte sie, warum sie ihn so nachdenklich anschaue. Natürlich hatte er gleich seinen zukünftigen Schwiegersohn in Verdacht, dass er seinen ehelichen Pflichten nicht nachgekommen sei. Etwas Unangenehmes musste ihr jedenfalls zugestoßen sein. In solchen Fällen wandte er sich immer an seine Frau, der Sultanin, die ein inniges Verhältnis mit ihrer Tochter verband.

‚Mein Herr,‘ sagte sie zu ihrem Mann, ‚ich werde gleich nach ihr schauen. Sie wird mir alles erzählen, was sie bedrückt.‘

Und wie sie erwartet hatte, empfing die Prinzessin ihre Mutter mit einem Schwall von Tränen und vielen Seufzern. Nach unzähligen Umarmungen und Liebkosungen war die Prinzessin endlich bereit, ihrer Mutter bis ins Detail alle Begebenheiten zu beichten, die sie in ihrer so genannten Hochzeitsnacht erlebt hatte. Danach nahm sie ihrer Mutter das Versprechen ab, niemandem etwas zu erzählen und absolute Diskretion zu wahren. Denn niemand würde ihr die seltsame Geschichte glauben.

Der Sohn des Großveziers, der durch die Heirat glaubte, ein höheres Ansehen bei Hofe gewonnen zu haben, schwieg ebenfalls wie ein Grab, denn auch ihm hätte niemand geglaubt, dass er seine Hochzeitsnacht in einem Käfig im Freien, bei eisiger Kälte und nur mit einem dünnen Nachthemd bekleidet, verbracht hatte. Niemand schöpfte während der fortlaufenden Feierlichkeiten Verdacht. Alles lief ab, wie von den Zeremonienmeistern geplant. Das Fest der königlichen Hochzeit nahm seinen gewohnten Verlauf.

Als der Abend seine dunklen Schatten vorausschickte, erlebte die Braut und der Bräutigam das gleiche Wunder. Sie befanden sich wieder auf geheimnisvoller Weise im Appartement Aladdins. Er hatte bereits Vorbereitungen getroffen, indem er seinem Dschinni die nötigen Anweisungen gegeben hatte. Sie verbrachten die Nacht zusammen, während der Bräutigam draußen im Käfig saß und die Sterne zählte. Sobald aber morgens die ersten Sonnenstrahlen das Fenster Aladdins berührten, lagen beide wieder in ihrem Schlafgemach im Palast des Sultans.

Wie am Morgen des vorigen Tages befand sich der Bräutigam wieder im Umkleideraum, um sich etwas Warmes anzuziehen, und, wie am Tag zuvor, trat der Sultan ein und überbrachte seiner Tochter die guten Wünsch der Familie. Aber diesmal trat doch eine

Veränderung ein. Seine Tochter hatte sich entschlossen, auf den Rat ihrer Mutter hin, ihrem Vater alles zu erzählen und sich vor allen Dingen bei ihm über seinen Betrug zu beschweren.

Der Sultan war einen Augenblick lang sprachlos. Seine Tochter war doch nicht so naiv, wie sein Großverzier ihm einzureden versuchte, und zwar so oft, dass er es selbst schon glaubte. Ein normaler Bürger hätte sich vielleicht dafür geschämt. Aber ein Sultan nicht. Hätte er ein Schamgefühl, behielte er es für sich. Gefühlsregungen wie diese könnte das Volk als Schwäche auslegen.

Dennoch rang er sich zu der Erkenntnis durch, dass er eine sehr schlaue Tochter besaß, die hinter den Schwindel gekommen war, den er und der Großvezier ausgeheckt hatten. Die Frage war jetzt nur, wie er sich aus dieser Klemme, in der er bis zum Halse steckte, herauswinden könnte.

Er überlegte, welchen Weg er jetzt einschlagen sollte. Er hatte sich von seinem Großverzier beeinflussen lassen, sein Versprechen zu brechen. Aladdins Mutter und natürlich auch Aladdin selbst hatten das Recht, vor Gericht zu klagen. Aber davor hatte er keine Angst. Denn das Gericht war er selbst. Nicht dass er deswegen ein schlechtes Gewissen hätte - nein, sowas kannte er nicht. Er hatte sich nie für etwas geschämt und auch nie ein schlechtes Gewissen gehabt. Monarchen, Sultane und andere Landesfürsten wussten gar nicht, was das war.

Aber er erinnerte sich, mit welcher Geschicklichkeit ihn sein Großvezier überredet hatte, seinen Sohn vorzuziehen. Schließlich würde er später, sagte er scheinheilig, wenn der Sultan eines hoffentlich fernen Tages in die ewigen Gärten Allahs aufgenommen würde, zusammen mit seiner Tochter sein Land regieren.

Aber einem Vagabunden, wie Aladdin einer war, so seine Meinung, der nichts hatte, war nicht zu trauen. Er besaß nichts - ja, er war ein Nichtshaber und würde der Prinzessin nicht den Luxus bieten können, den sie gewöhnt war. Auch hätte dieser Vagabund keine Ahnung über das Leben auf dem Hofe. Auf einmal fiel ihm jetzt auch ein, dass sein Großvezier es war, der das Heirats-Versprechen an Aladdin herunterspielte und nicht für so wichtig hielt. Wie er überhaupt begann, über den Großvezier nachzudenken. Ob nicht ein Wechsel einmal notwendig wäre?

Fest stand, und dafür rief er seinen Sekretär zu sich, der seine Gedanken niederschreiben sollte - ja, auch er kam in die Jahre und hatte die Befürchtung, wieder etwas zu vergessen - dass er in den nächsten Tagen entscheiden müsste, wie mit dem Vezier zu verfahren sei. Das hieß, dass der Vezier vor ein Tribunal erscheinen müsste, um nachträglich die Notwendigkeit einer Einsetzung seines Sohnes zu begründen.

Das hieß auch, ob dazu ein Versprechen, das zuvor Aladdins Mutter gegeben wurde, im Interesse des Staates gebrochen werden musste. Und das hieß im schlimmsten Fall, je nach Zusammensetzung des Tribunals, dass der Großvezier sein einflussreiches Amt verlieren könnte.

Gleichgültig wie das Urteil des Tribunals auch ausfallen würde, besprach er mit ihm die verfahrene Situation zwischen Aladdin und seiner Tochter. Der Großvezier riet ihm, in weiser Voraussicht seines bevorstehenden Tribunals, die Hochzeit seines Sohnes mit der Tochter des Sultans als ungültig zu erklären, weil - ja, dann wusste er nicht mehr weiter. Auch ein Großvezier kann nicht immer einen guten Rat wie mit einem Zauberhut aus der Tasche ziehen, zumal er und der Sultan, wie sich wieder einmal zeigte, nicht die Hellsten waren.

Natürlich häuften sich durch den plötzlichen Sinneswandel zahlreiche Gerüchte, die in Umlauf gesetzt wurden, mancherlei Spekulationen schossen aus dem Boden. Dabei wurde immer wieder der Name des Großveziers genannt. Es wurden sogar Behauptungen gestreut, dass der Großvezier schon morgen gehängt werden solle. Die vielen Gäste, die Tänzer und Musikanten kümmerten sich nicht um diese Kleinigkeiten. Sie hatten nur ihre Musik im Kopf, feierten weiter und hofften, eines Tages wieder eingeladen zu werden, vielleicht zu einer Taufe.

Aber daran dachten nur wenige. Der Großvezier riet dem Sultan, er solle in seiner Großmut ein Zeichen setzen und seine Zustimmung für die Heirat seiner Tochter an eine Bedingung knüpfen. Nicht weil er die Chancen für seinen Sohn aufgegeben hätte - nein, er hatte sich etwas viel Tückischeres überlegt. Er schlug dem Sultan vor, die Bedingungen für Aladdins Bewerbung so hochzuschrauben, dass er sie nicht erfüllten könnte.

Ja, dazu wäre er dann doch zu arm, stimmte der Sultan ein. Er könnte ihr sicher nicht das königliche Leben einer Sultans-Tochter bieten. Auch wenn der Sultan und der Großvezier im Geheimen überlegten, wie sie ihre plötzliche Sinneswandlung dem Volke erklären sollten, hielten sie im Grunde genommen den Willen des Volkes nicht für so gefährlich, dass sie Angst bekommen müssten. Aber niemand, außer Aladdin, kannte das Geheimnis der rätselhaften Entscheidung.

68

Nach drei Monaten erinnerte sich Aladdins Mutter, dass sie in den Divan müsste, um den Sultan an sein Versprechen zu erinnern. Er war auf sie vorbereitet. Seinem Großvezier gab er den Wink, sie vor seinen Thron zu führen. Nachdem sie sich wie üblich vor seine Füße warf und geduldig wartete, bis er ihr die Erlaubnis gab, aufzustehen, sprach sie ihn höflich an und erinnerte ihn an ihre letzte Unterhaltung.

‚Majestät, am Ende der drei Monate, die Sie nach ihrer Beratung mit dem Großvezier festgesetzt hatten, komme ich zu Ihnen, um sie an Ihr Versprechen zu erinnern, nach dieser Zeit meinen Sohn als rechtmäßigen Schwiegersohn anzuerkennen.'

Der Sultan hatte nicht richtig zugehört - ja, er hatte sich angewöhnt, unangenehmen Dingen aus dem Weg zu gehen, und so getan, als wäre die Angelegenheit nicht ganz ernst gemeint. Aber jetzt entschloss er sich doch, Näheres vom Großvezier zu erfahren. Wie zu erwarten war, empfahl ihm der Großvezier, die Bedingungen für eine Heirat sehr hoch anzusetzen.

Schließlich müsste die Prinzessin standesgemäß wohnen und einige Hofdamen und Dienerinnen, zusammen mit einer noch ausstehenden Mitgift im Ehevertrag festgeschrieben werden. Die entscheidende Bedingung aber, so der Sultan, die Aladdin für die Ehe mit der Prinzessin vorweisen müsste, zählte er der Reihe nach auf, wie sie ihm der Großvezier ins Ohr geflüstert hatte:

‚Gute Frau,' sagte der Sultan,' ‚Du hast völlig Recht, wenn Du sagst, dass auch ein Sultan sein Wort halten muss. Ich bin auch bereit dazu. Aber ich kann sie nicht verheiraten, wenn ich nicht vorher prüfe, ob Dein Sohn sie überhaupt ernähren kann. Und was noch viel wichtiger ist, ob er sie standesgemäß als Prinzessin unterhalten kann. Du kannst ihm mitteilen, dass ich mein Versprechen halten werde, sobald er mir vierzig Schalen aus massivem Gold schicken wird, gefüllt bis zum oberen Rand mit den gleichen Juwelen, die Du mir schon einmal geschenkt hast.'

‚Das Ganze sollte von der gleichen Anzahl, also vierzig Sklaven aus Afrika zu mir in den Thronsaal getragen werden. An ihrer Spitze wird dann eine Gruppe weißer Sklaven vorausgehen, alle festlich und kostbar gekleidet. Unter diesen Umständen bin ich bereit, meine Tochter Aladdin anzuvertrauen. Deshalb, gute Frau, teile ihm genau mit, was ich Dir gesagt habe. Ich werde dann hier warten, bis Du mir eine Antwort überbringen wirst.'

Aladdins Mutter warf sich ein zweites Mal vor des Sultans Füße, bevor sie sich wieder erhob und nachhause eilte. Auf dem Weg durch ein Stadtgebiet, das sie noch nicht kannte, fing sie auf einmal an zu lachen. Ihr fielen gerade die Bedingungen des Sultans ein. Sie konnte sich nicht vorstellen, dass ihr Sohn überhaupt begriff, was der Sultan von ihm verlangte.

,Woher,' sprach sie zu sich selbst, ,könnte er in dieser kurzen Zeit so viele Goldschalen, gefüllt bis zum Rand mit den wertvollsten Edelsteinen, herbeischaffen, um sie dem Sultan vor die Füße zu legen? Es wird nicht leicht sein, ihm diese Nachricht zu überbringen. Wahnsinnig muss ich gewesen sein, mich in seine Angelegenheiten einzumischen und Botengänge wie diese für ihn zu unternehmen. Die Botschaft, die ich ihm laut und deutlich vortragen muss, ist schlecht. Ich kann nur froh sein, wenn er mich nicht beschuldigt, schlecht verhandelt zu haben.'

Mit diesen Gedanken und mit unsicheren Schritten näherte sie sich ihrem Haus, traf ihren Sohn, dem sie die Unterhaltung mit dem Sultan erzählte, auch erwähnte sie mit stockender Stimme die unmöglichen Bedingungen, die er ihr stellte, sicher unter dem Einfluss des Großveziers. Dann wollte er auch noch eine schnelle Antwort haben. Aber sie erklärte ihm gleich, dass er sich deswegen nicht grämen sollte. Es gäbe noch viele andere schöne Mädchen, die ihm sicher keinen Korb geben würden, wenn er sich um sie bewarb.

,Der Sultan,' wiederholte sie, ,erwartet Deine Nachricht noch heute. Ich glaube, da kann er warten bis in alle Ewigkeit!'

,Nicht so lange, liebe Mutter!' erwiderte ihr Sohn. ,Nicht so lange, wie Du Dir vorstellst. Diese Forderung ist bloß eine Bagatelle für mich. Sie wird auf keinen Fall meine Heirat mit der Prinzessin verzögern oder gar verhindern. Ich werde mich jetzt gleich damit befassen. Du wirst sehen, dass alles gut wird.'

Aladdin überquerte den Hof und betrat sein Appartement. Er rief den Dschinni der Lampe zu sich, verlangte von ihm, sofort mit der Vorbereitung aller Geschenke zu beginnen, die der Sultan als Bedingung für seine Heirat mit der Prinzessin von ihm verlangte. Es war das erste Mal, dass er von ihm forderte, sich zu beeilen, damit das Ganze noch vor dem Schluss der Morgenaudienz im Thronsaal des Sultans geschehen könne.

Der Dschinni schwor seinem Herrn noch einmal seinen unbedingten Gehorsam und verschwand. Innerhalb einer sehr kurzen Zeit zeigte sich gegenüber Aladdins Haus ein Zug von vierzig Sklaven aus Afrika, vor ihnen der gleiche Zug von vierzig weißen Sklaven.

Alle Sklaven aus Afrika trugen auf ihrem Kopf riesige goldene Schalen, gefüllt bis zum Rand mit den wertvollsten Juwelen. Dann richtete Aladdin sein Wort an seine Mutter:

,Meine Mutter!' sprach er zu ihr, ,ich bitte Dich, dass Du keine Zeit verlierst. Bevor der Sultan und seine Ratgeber sich von ihren Sitzen erheben, müsstest Du rechtzeitig mit allen Geschenken an die Braut vor dem Sultan erscheinen. Zeige ihm die Mitgift, die er für die Prinzessin verlangte, damit er meine ehrliche Hingabe und meinen sehnlichsten Wunsch beurteilen kann, die ich ihm und seiner Tochter entgegenbringe.'

Sobald die in der Stadt mit Hurra und Hurrei begrüßten Sklaven ihre Prozession vor Aladdins Haus begannen, setzte sich seine Mutter an die Spitze des Zuges und veranlasste den grandiosen Zug, einige Lieder anzustimmen, die dem Hochzeitstag entsprachen. Die Sklaven aus Afrika trugen unter den mit Juwelen gefüllten goldenen Schalen wertvolle seidene Turbane. Ihre farbigen Umhänge waren mit Gold- und Silberfäden durchwirkt.

Die weißen Sklaven hatten ihre Kopfbedeckung mit bunten Blumenkränzen geschmückt - ja, ab und an fielen auch einige auf, die stolze, vielfach verzweigte Hirschgeweihe trugen. Es waren die Offiziere, die ständig Befehle schrien, um den Zug in die Richtung des Palastes zu leiten. Ihre Uniform aus feingewirktem Brokat war mit goldenen und silbernen Paletten geschmückt.

Der gleichmäßige Abstand zueinander, ihre elegante und stolze Art, sich Schritt für Schritt mit ihren aus weichem Wildleder gefertigten Schuhen fortzubewegen, ohne einen militärisch klingenden Gleichschritt zu erzeugen, begeisterte die am Straßenrand stehende Bevölkerung zu frenetischen Beifallsschreien. Nie hatten sie etwas Grandioseres in ihren Straßen gesehen - ja, sie waren der Meinung, dass der Zug aus Sklaven in Wirklichkeit aus Königssöhnen verschiedener Länder zusammengestellt worden war.

Der Sultan, der von dem anrückenden Zug unterrichtet wurde, gab den Befehl, die Tore weit zu öffnen. In der gleichen Reihenfolge wie sie sich vor dem Haus Aladdins aufgestellt hatten, betraten sie auch den Divan und bildeten vor dem Thron des Sultans einen Halbkreis. Die Sklaven traten nacheinander vor, legten ihre goldenen Schalen mit den Edelsteinen vor den Sultan auf den Teppich und warfen sich unterwürfig zur Begrüßung vor ihm nieder.

Sie berührten mit ihrer Stirn den Boden, während die weißen Sklaven das Gleiche taten. Als sie sich anschließend erhoben, entfernten die Sklaven aus Afrika das kostbare Tuch, das die Juwelen in den goldenen Schalen bedeckte. Ein heller Aufschrei entfuhr dem Sultan, als er die Fülle der strahlenden und glitzernden Edelsteine sah. Die Sklaven stellten sich hinter die aufgereihten goldenen Schalen und kreuzten Ihre Hände vor ihrer Brust.

In der Zwischenzeit trat Aladdins Mutter vor den Thron, warf sich vor dem Sultan nieder, erhob sich wieder und sagte zu ihm:

‚Majestät, mein Sohn weiß, dass diese Geschenke nicht bei Weitem der Schönheit und Klugheit der Prinzessin Buddir al Buddoor entsprechen. Er hofft dennoch, dass Eure Majestät diese Geschenke akzeptieren wird und sie auch der Prinzessin gefallen werden. Er vertraut auch darauf, weil er sich sehr bemühte, die Bedingungen, die sie in Ihrer Weisheit an ihn gestellt hatten, glaubt erfüllt zu haben.'

Der Sultan, der durch den Anblick auf die Juwelen und die wertvollen goldenen Schalen völlig überwältigt war, antwortete, ohne irgendeinen zweifelnden Unterton in seiner Stimme, auf die Worte von Aladdins Mutter:

‚Gehe und sage Deinem Sohn, dass ich mit offenen Armen auf ihn warte, um ihn zu umarmen. Und je schneller er kommt, um so schneller wird er auch die Hand der Prinzessin, meiner Tochter, von mir bekommen und mir die größte Freude bereiten.'

Sobald Aladdins Mutter den Thronsaal verlassen hatte, beendete der Sultan seine Audienz. Er erhob sich von seinem Thron und befahl, dass die Hofdamen der Prinzessin die goldenen Schalen mit den Juwelen in ihr Appartement tragen sollten. Genauso wichtig erschien ihm der Zug der achtzig Sklaven, die inzwischen durch Zeremonienmeister durch den Palast geführt wurden.

Sie schauten sich jeden Raum an, der für den öffentlichen Zugang mit den kostbarsten Möbeln ausgestattet worden war. Vorsichtig berührten sie die blumigen Seidentapeten. Wie in der freien Natur saßen dort winzige exotische Phantasievögel auf den Blüten und labten sich an dem süßen Nektar.

Der Sultan schwärmte von der festlich gekleideten Erscheinung der Sklaven und ließ sie vor dem Appartement seiner Tochter hin und her flanieren, damit sie, auch wenn sie in einem Frauentrakt wohnte, durch die gekreuzten Gitterstäbe einen Blick auf sie werfen könnte. Er gönnte ihr das Vergnügen, so kurz vor ihrer Ehe, die Vielzahl junger und gutaussehender Männer zu betrachten. Er wusste, dass es ihr bald durch die sittsamen Bräuche in ihrer Religion nicht mehr gestattet sein würde, einen interessierten Blick auf einen Mann zu werfen.

In der Zwischenzeit hatte Aladdins Mutter ihr Haus erreicht, schaute sich nach ihrem Sohn um, denn sie hatte diesmal nur gute Nachrichten vom Palast des Sultans mitgebracht

‚Mein Sohn,' rief sie ihm zu, als sie ihn vor einem offenen Kleiderschrank stehen sah, in dem er, wie er wissen müsste, nicht viel Auswahl vorfand.

‚Du kannst Dich freuen und auch ein paar Luftsprünge machen,' munterte sie ihn auf, ‚Du hast die höchsten Höhen erreicht, die ein gewöhnlicher Bürger jemals erreichen kann. Der Sultan hat jetzt öffentlich erklärt, dass Du seine Tochter, Prinzessin Buddir al Buddoor, heiraten kannst. Er wartet auf Dich mit Ungeduld, um endlich seinen zukünftigen Schwiegersohn in die Arme zu schließen.'

Aladdin, völlig außer sich vor Freude, sagte nicht viel zu seiner Mutter. Er ging hinüber in sein Appartement, wo er wieder seine Lampe rieb, während der Dschinni sofort vor ihm erschien.

‚Dschinni!' sagte Aladin zu ihm, ‚bring mich in ein Bad und besorge mir den am reichsten ausgestatteten königlichen Umhang, den je ein Sultan getragen hatte.'

Kaum hatte der Dschinni Aladdins Worte gehört, stand er schon vor dem Eingang zum Hammam. Er gehörte zu den bestausgestatteten der Stadt, mit Marmorsäulen an beiden Seiten des Haupteingangs, die, je nach Lichteinfall, in den verschiedensten Farben glitzerten.

Als er das Bad betrat, wurde er durch unsichtbare Hände entkleidet, auf eine Liege gelegt, wo er durchgeknetet und mit verschieden duftenden Wassern eingerieben, gebürstet und gewaschen wurde. Als er dann noch verschiedene heiße Dampfbehandlungen über sich ergehen lassen musste, kam er wie neugeboren aus dem Hammam, dem Jungbrunnen, um sich gleich wieder auf einer Liege zuhause wiederzufinden.

Seine Haut fühlte sich jetzt zart und weich an, wie die eines kleinen Kindes - ja, sein Körper hatte eine hellere Tönung erhalten, als wäre der Schmutz des vergangenen Jahres abgebürstet worden. Er ging in die Ankleideräume, wo er eine kostbare Robe liegen sah, statt der täglichen Kleider, die in einem Bündel für die anschließende Wäsche neben der Tür bereit lagen. Der Dschinni diente ihm zum ersten Mal als Zofe und half ihm beim Anziehen. Anschließend führte er ihn wieder in sein Schlafgemach zurück und fragte ihn, ob er noch weitere Befehle für ihn habe.

‚Ja,' antwortete Aladdin, ‚bringe mir ein Pferd, das in seiner edlen Rasse und Gutmütigkeit den besten Pferden des Sultans gleichkommt - ja, sie sogar übertrifft! Natürlich mit einem Sattel, der mit spanischen Silberverzierungen beschlagen ist, ebenso ein silberdurchwirktes Zaumzeug und golden glänzende Sporen, die ich an meine schwarzledernen Reitstiefel anschnallen werde. Zusätzlich zu meiner persönlichen Ausstattung wünsche ich mir zwanzig Sklaven, die genauso reich gekleidet sind wie die Sklaven, die einen Tag zuvor die Geschenke überbrachten.'

‚Sie werden mich links und rechts an meinen beiden Seiten begleiten. Ein Teil von ihnen folgt hinter mir. Weitere zwanzig Sklaven werden in zwei Reihen die Vorhut bilden. Meine Mutter sollen sechs Sklavinnen begleiten, die festlich gekleidet sein müssen - ähnlich wie die Bediensteten der Prinzessin Buddir al Buddoor. Alle sechs Sklavinnen sollen eher ein Kleid tragen, das auch einer Sultanin stehen würde. Außerdem möchte ich noch zehntausend Goldstücke zu meiner Verfügung haben, die in zehn Lederbörsen abgefüllt sind. Geh und beeile Dich!'

Nachdem Aladdin seine Befehle erteilt hatte, verschwand der Dschinni und es dauerte nur eine Minute, als er wieder reitend auf einem Pferd zurückkam. Auch vierzig Sklaven standen hinter ihm, kostbar gekleidet. Zehn weitere Sklaven gesellten sich zu ihnen. Sie verfügten über zehntausend Goldstücke, die sie auf zehn Lederbörsen aufgeteilt hatten. Zum Schluss kamen noch sechs weibliche Sklaven für Aladdins Mutter, die im Augenblick nicht wusste, was sie mit ihnen anfangen sollte. Er erklärte ihr, Sie könne jederzeit über sie verfügen.

Die kostbaren Kleider, die sie, in farbiges Seidenpapier eingepackt, auf ihren Köpfen trugen, seien allein für sie bestimmt. Von den zehn Geldbörsen, die sie an ihren Hüftgurten trugen, schenkte Aladdin vier seiner Mutter. Die übrigen sechs sollten die Sklavinnen öffnen und die Goldstücke händeweise unters Volk werfen, während sie zum Palast des Sultans gingen. Die sechs Sklavinnen waren, wie Aladdin später erfuhr, Königstöchter aus den eroberten Ländern Afrikas. Jeweils zu dritt schritten sie an Aladdins Seite, drei auf der linken Seite und drei auf der rechten.

Als Aladdin sich auf diese Weise für ein Gespräch mit dem Sultan vorbereitet hatte, entließ er den Dschinni. Er saß auf dem Rücken des Pferdes, als hätte er nie ein anderes Fortbewegungsmittel benutzt.

Links und rechts begleiteten ihn die Königstöchter aus Afrika, die wunderschön waren, aber nicht so schön wie seine Prinzessin. Ab und zu warfen die sechs schönen Königstöchter eine Hand voll Goldmünzen unters Volk, das natürlich applaudierte und sogar alles stehen ließ, um dem Geschehen möglichst nah zu sein.

Nach der Ankunft Aladdins im Thronsaal war der Sultan verwundert, dass Aladdin sorgfältiger und kostbarer gekleidet war als er selbst. Er war auch beeindruckt vom Auftreten Aladdins, der zwar behände von seinem Pferd gestiegen war, aber doch in einer Eleganz und Weltgeläufigkeit, die er, wenn er an die Bescheidenheit seiner Mutter dachte, nicht von ihm erwartet hatte. Er sah sehr gut aus, zeigte Manieren, die nur von den höheren und vermögenden Kreisen seines Reichs zu erwarten waren, so dass er sich schon jetzt auf den überraschten Anblick seiner Tochter freute.

Er umarmte ihn und zeigte all seine übersprudelnde Freude darüber, dass dieser junge Mann bald sein Schwiegersohn sein werde. Er ließ es nicht zu, als Aladdin sich vor ihn niederknien wollte, fasste ihn an die Hand und führte ihn auf die rechte Seite seines Throns, wo er sich neben ihn setzen sollte. Kurz danach führte er ihn mitten unter die Klänge von Trompeten, Oboen und vielen Arten von

Musikinstrumenten in einen Festsaal, in dem neben exzellenter Bewirtung auch jede Art von artistischen und tänzerischen Darbietungen geboten wurde. Dort saßen der Sultan und Aladdin an einem separaten Tisch, der durch ein Podest leicht erhoben schien gegenüber den anderen Tischen, an denen die Lords und Hofräte nach ihrem Rang saßen und sich unterhielten, ohne dass sie das Zwiegespräch des Sultans mit Aladdin störten.

Nach dem Fest ließ der Sultan den obersten Richter seines Hofs zu sich kommen und befahl ihm, einen Ehekontrakt zwischen der Prinzessin Buddir al Buddoor und Aladdin aufzusetzen. Als die Formalitäten erledigt waren, fragte der Sultan Aladdin, ob er im Palast bleiben möchte, um die restlichen Zeremonien der Heirat abzuschließen.

‚Majestät!' erwiderte Aladdin, ‚so sehr ich auch voller Ungeduld bin, die ehrenvolle Rolle zu übernehmen, die mir durch die Großmut Ihrer Majestät gewährt wird, möchte ich doch darum bitten, zuerst einen Palast zu bauen, in dem ich Eure Tochter empfangen kann. Ich bitte Sie deshalb, mir ein ausreichend großes Grundstück in der Nähe Ihres Palastes zu überlassen. Ich werde das Gebäude in sehr kurzer Zeit fertigstellen.'

Der Sultan war damit einverstanden und umarmte ihn wiederholt, um allen zu zeigen, dass Aladdin von nun an ein Mitglied der Familie und des Hofes ist. Danach verabschiedete sich Aladdin vom Sultan, mit der größten Höflichkeit und Ehrerbietung gegenüber dem Hofrat und allen Hofbediensteten, als hätte er schon immer in den höheren Kreisen des Hofstaates gelebt.

Sobald er zuhause vom Pferd stieg, zog er sich in sein Appartement zurück, holte seine Lampe und es dauerte auch nicht lange, bis vor ihm der Dschinni erschien. Er zeigte ihm wie üblich seine Loyalität und wartete auf die Befehle seines Herrn.

‚Dschinni!' sagte Aladdin, ‚baue mir einen Palast, der für die Prinzessin Buddir al Buddoor geeignet ist und in dem sie sich mit mir wohl fühlen kann. Das Baumaterial sollte nicht geringer sein als Porphyr, Jasper, Achat, Lapis Lazuli, und der feinste Marmor. Lass die Wände aus massiven Gold- und Silber-Bausteinen herstellen. In jeder Frontseite sollten sechs Fenster eingesetzt werden. Die Fenstergitter vor den Fenstern sollten mit Diamanten, Rubinen und Smaragden belegt sein. Das Ganze sollte alles übertreffen, was die Welt je gesehen hatte.'

‚Lass außerdem einen Innenhof gestalten und die Außenanlagen sehr großzügig anlegen - ja, hol Dir die besten Gartenarchitekten und Landschaftsgärtner der Welt. Denn der erste Eindruck auf den Besucher ist der wichtigste. Bei all diesen Vorhaben vergiss nicht, für einen sicheren Ort zu sorgen, eine vor allen Dieben und Räubern gesicherte Schatzkammer, gefüllt mit Gold und Silber. Wir dürfen auf keinen Fall Küchen- und Lagerräume vergessen. Ställe mit den wertvollsten Pferden sollten separat errichtet werden.'

‚Arabische Vollblutpferde wären meine erste Wahl. Ihr Temperament muss aber von fähigen Stall- meistern, Trainern und Züchtern gezügelt werden. Die Pferde sollten so gut trainiert werden, dass sie zur Teil- nahme an nationalen und unternationalen Rennen be- fähigt sind.'

‚Jäger und solche, die eine Gemeinschaftsjagd organisieren können, würde ich auch gerne sehen. Denn die Jagd ist für mich eine große Leidenschaft. Weibliche und männliche Diener sollten zusammen mit den Sklaven und Sklavinnen mein Gefolge bilden können, sobald ich meinen Palast verlasse und eine In- spektionsreise durch unser Land beginne. Sie sind un- ser Aushängeschild, wenn wir zum Beispiel einen Staatbesuch erwarten. Geh jetzt und kümmere Dich um die Ausführung. Ich bin sehr gespannt, obwohl ich bisher noch nie von Dir enttäuscht wurde.'

Als sich Aladdin vom Dschinni verabschiedete, war es bereits Abend geworden. Die letzten Sonnenstrahlen tauchten eine weit entfernte Hügelkette in ein Band voller glänzender und blinkender Goldpunkte. Bei Tagesanbruch am nächsten Morgen erschien der Dschinni und bot sich an, Aladdin zum Palast mitzunehmen, den er für ihn erbaut hatte. Er führte ihn durch alle Appartements, wo er Offiziere und Sklaven antraf, die bei ihm entsprechend ihres Ranges angestellt waren.

Dann wurde ihm die Schatzkammer geöffnet, die für Aladdin etwas Besonderes darstellte. Die richtige Wertschätzung einer Schatzkammer, dachte Aladdin in diesem Augenblick, kann nur von jemandem erfolgen, der die Armut von Kindesbeinen an erlebte. Die einbruchsichere Stahlkammer wurde Aladdin von einem Schatzkämmerer geöffnet, der zwar im ganzen Palast die Schlüsselgewalt besaß, aber ausgerechnet hier nicht mehr wusste, wo er ihn abgelegt hatte. Durch Zufall, wie er später berichtete, erinnerte er sich, wo er seine Schlüsseltasche versteckt hatte. Aladdin hatte Mitleid mit ihm und bat den Dschinni, der Farce ein Ende zu setzen.

Die schwere Eichentür sprang auf, wie von Geisterhand geöffnet, und gab den Blick frei - ja, auf große und kleine Vasen, die bis zum Rand mit Goldmünzen gefüllt waren. Alle standen dicht an der Mauer aufgereiht. Vor ihnen sah Aladdin unzählige goldene Schalen, im denen die verschiedensten Edelsteine glitzerten. An der Wand gegenüber waren massive Eisenhaken eingelassen, die Regalbretter aus reinem Silber trugen. Hier fiel ihm später ein, dass er keine Anweisungen erteilt hatte, sie mit kostbaren, golddurchwirkten Stoffen zu füllen.

Endlich führte ihn der Dschinni zu den Pferdeställen. Daran hing sein Herz besonders. Er freute sich wie ein Kind, die edlen arabischen Pferde zu sehen, sie zu tätscheln und zu liebkosen. Er sah auch mit Wohlgefallen den Stallburschen zu, wie sie frisches Stroh einstreuten und wie sie mit Sorgfalt und Liebe ihre wertvollen Schützlinge bürsteten und ihr Fell mit feuchtwarmen Tüchern pflegten. Anschließend führten sie die Trainer auf den vorgelagerten Hof, bewegten sie zuerst langsam im Schritttempo, dann immer schneller, bis sie sich auf ihre Rücken schwangen und im rasenden Galopp davonritten.

Nachdem Aladdin alle Räumlichkeiten und Einrichtungen inspiziert und mit der Arbeit des Dschinni sehr zufrieden war, besuchte er auch die große

Empfangshalle mit den vierundzwanzig Fenstern, die seine Vorstellungen völlig übertrafen. Er sagte zu ihm:

‚Dschinni! Es gibt noch etwas, das ich vergessen habe und für wichtig halte. Ich wünschte noch einen wunderschönen Teppich für die Prinzessin, auf dem sie vom Palast des Sultans direkt zu mir kommen könnte. Lege ihn sofort aus, so schnell es geht, denn die Prinzessin wird mich bald besuchen.'

Der Dschinni verschwand für einen Augenblick, während Aladdin zusah, mit welcher Geschwindigkeit sein Wunsch erfüllt wurde. Als er in den nächsten Minuten hörte, dass die Außentore geöffnet wurden, wusste er, dass der Sultan mit seinem Gefolge unterwegs war. Er hatte ihn eingeladen, seinen Palast zu besichtigen, in dem auch seine Tochter, die Prinzessin, in Zukunft leben würde. Aus der Ferne klangen Überraschungsrufe und heitere Ausrufe über die vollkommen neue Ausgestaltung des Gartens, der bisher ein verwildertes abgelegenes Wiesengelände war.

Sie gingen vorsichtig mit ihren Straßenschuhen auf dem blumigen Teppich entlang, blieben oft vor Erstaunen stehen, einige zogen ihre Schuhe aus, als fürchteten sie, dass sie mit ihrer dreckigen Fußbekleidung die Schönheit der eingewebten Rosen beschmutzen könnten, die so echt aussahen, dass jeder einen

Bogen um sie machte. Der Teppich reichte vom Palast des Sultans bis zum Palast Aladdins. Die rasante Errichtung des Palastes mit diesen riesigen Ausmaßen machte den Großverzier misstrauisch. Er vermutete, dass hier Zauberei mit im Spiel war, konnte es aber nicht beweisen. Als er sich am frühen Morgen den Baufortschritt anschauen wollte, war das Gebäude in all seiner Pracht bereits erschaffen.

‚Es muss der Palast Aladdins sein!' erklärte ihm der Sultan, der ebenso fassungslos davorstand wie sein Großvezier. Aber im Gegensatz zu ihm bewunderte er seinen Schwiegersohn und versuchte ihm zu erklären:

‚Ich habe ihm etwas Zeit gelassen, um für meine Tochter einen Palast zu errichten. Er hatte uns versprochen, dass er uns überraschen wird. Gelungen ist es ihm, wie wir voller Bewunderung sehen. Das alles schaffte er in einer einzigen Nacht! Ist es nicht ein Wunder? Oder gar eine Zauberei?'

Aladdin wurde unterdessen auf geheimnisvolle Weise durch den Dschinni zu seiner Mutter gebracht. Er bat sie, sich zu Prinzessin Buddir al Buddoor zu begeben, um ihr mitzuteilen, dass der Palast am Abend für den ihren Empfang fertiggestellt werde. Sie machte sich, von ihren weiblichen Sklaven begleitet, unmittelbar auf den Weg. Kurz nach ihrer Ankunft im Appartement der Prinzessin gesellte sich auch der Sultan dazu.

Er war überrascht, dass er hier Aladdins Mutter vorfand, die er nur als Bittsteller und bescheidene Erscheinung beim Divan gesehen hatte. Aber jetzt war sie ausgesprochen geschmackvoll gekleidet, mit wertvollen Juwelen geschmückt.

Kurze Zeit nach seiner Mutter stieg auch Aladdin auf sein Pferd und verließ sein Haus, begleitet von seinem Gefolge. Es war sein elterliches Haus, das er nie mehr wieder betreten würde. Er ritt in Richtung seines neuen Palastes, mit dem gleichen Pomp wie am Tage zuvor. Alle persönlichen Dinge hatte er einpacken lassen, aber die Lampe war ihm so wichtig, dass er sie nicht aus der Hand gab.

Als der Sultan erfuhr, dass Aladdin wieder den Palast des Sultans aufgesucht hatte, ließ er es sich nicht nehmen, solange die Hochzeitszeremonien noch nicht beendet waren, einige Worte mir Aladdin zu wechseln. Er lud ihn in seine Bibliothek ein. Allein diese Geste war für Aladdin eine Auszeichnung. Denn an diesem Ort versammelten sich nur seine engsten Berater und Freunde. Er unterhielt sich angeregt mit Aladdin, dessen Weitblick ihn sehr beeindruckte. Am späten Abend, als sich die Heiratszeremonien dem Ende näherten, verließ die Prinzessin ihren Vater. Eine Prozession von Musikern führte den Umzug an, gefolgt von hunderten Amtsdienern und Offizieren, unzähligen Sklaven in unterschiedlichen Hautfarben aus den Kolonien des Sultans. Vierhundert junge Pagen des Sultans trugen, in zwei Reihen aufgeteilt, lodernde Fackeln, die zusammen mit den Beleuchtungen der beiden Paläste die Nacht in einen hellen Tag verwandelten.

Vor dem Eingang seines Palastes stand Aladdin, um seine Braut, die Prinzessin Buddir al Buddoor zu empfangen. Er geleitete sie in die große Empfangshalle, von unzähligen Wachskerzen beleuchtet. Dort sollte das eigentliche Hochzeitsmahl stattfinden. Die Teller, die auf den langen Tischen lagen, bestanden aus reinem Gold. Auf ihnen waren, farblich zugeordnet, die allerfeinsten Delikatessen angerichtet. Die übrigen Behälter wie Tassen, Becher, Schalen und Krüge bestanden ebenfalls aus purem Gold, gefertigt von den geschicktesten Goldschmieden der Stadt.

Alle übrigen Wandmalereien, die Reliefs und Stuckgirlanden an den Decken harmonierten mit den eingravierten Ornamenten auf den goldenen Gabeln, Messern und Löffeln. Das heißt, dass sie eine geschmackvoll arrangierte Einheit bildeten, als wäre sie allein für diesen einzigen Zweck komponiert worden.

Die Prinzessin schien durch die aufwändig hergestellte und geschickt inszenierte Ausstattung überwältigt zu sein. Sie fasste sich aber schnell und sagte:

‚Mein lieber Prinz, bisher dachte ich, dass nichts auf der Welt so schön ist wie der Palast meines Vaters. Aber der Anblick allein dieser Empfangshalle zeigt mir, dass ich mich geirrt habe.'

Als der Sultan anschließend die weiteren Räumlichkeiten besichtigte und mit seinem Gefolge ins Innere des Gebäudes vordrang, blieb er noch einmal in der Empfangshalle stehen und ließ ihre Schönheit auf sich wirken. Lange Zeit betrachtete er die Fenster mit den überaus reich geschmückten Sichtfenstern, die mit den prächtigsten Edelsteinen bestückt waren, mit Diamanten, Rubinen und Smaragden. Er konnte nicht einen Schritt weitergehen, so sehr war er gefesselt von dem Anblick der in zahlreichen Farben glitzernden und blinkenden Juwelen. Er sagte zu seinem Schwiegersohn:

‚Mein Sohn!' sagte er, ‚was bist Du nur für ein Mann, der mir mit einem Augenzwinkern solch überraschende Dinge vorführen kann! Es gibt niemanden, der Dir das nachmachen kann. Je mehr ich weiß, um so mehr bewundere ich Dich!'

Der Sultan kehrte zu seinem Palast zurück.
Sehr oft ging er zu seinem Fenster und schaute auf den
Palast seines Schwiegersohns. Er konnte sich nicht
sattsehen. Aladdin fühlte sich in seinem Palast sehr
wohl, ging aber auch aus, besuchte verschiedene Moscheen, um dort zu beten, suchte auch den Großverzier auf oder die wichtigsten Lords des Hofes. Jedes
Mal, wenn er ausritt, begleiteten ihn auf beiden Seiten
je zwei Sklaven, die Goldmünzen unters Volk streuten.

Manchmal warfen sie Hände voll Golfmünzen-
unter die am Straßenrand stehende Menge, so dass
Aladdin oft beobachten konnte, dass sich Erwachsene
wie Kinder kreuz und quer und übereinander auf die
Straße warfen, um die Goldmünzen zu fangen. Sie
schubsten und balgten sich, als wäre es ein Kinder-
spiel. Gleichzeitig zweifelte er, ob sie wirklich Spaß daran hatten. Denn ab und zu hörte er, dass sie sich an-
schrien, als ginge es um Leben und Tod. Er überlegte,
ob er mit seiner Großzügigkeit zu weit ging.

Aber die Großzügigkeit zahlte sich aus. Die
Leute liebten und segneten ihn - ja, es war inzwischen
auch Brauch geworden, in seinem Namen zu schwö-
ren. Da er nicht vergaß, dem Sultan seinen vollen Respekt zu zollen, gewann er dadurch weitere Sympathien
unter der Bevölkerung. Durch sein zugängliches Wesen
hatte auch niemand Scheu vor ihm, ihn anzusprechen

oder ihn um ein Almosen zu bitten. Auf diese Weise und in der gleichen Art lebte er mehrere Jahre, als der afrikanische Magier eines Tages wieder auftauchte.

Aladdin hatte ihn einige Jahre aus seiner Erinnerung verbannt. Aber der Magier hatte ihn nicht vergessen. Er entschloss sich, Nachforschungen nach ihm einzuleiten. Er wollte wissen, ob Aladdin vielleicht schon gestorben war und dort, wo er ihn damals in der Höhle zurückgelassen hatte, immer noch den Ausgang suchte, vielleicht inzwischen als Knochenmann. Nachdem er ein Horoskop Aladdins aufstellte, erfuhr er, dass er noch lebte. Er konnte es kaum glauben, als er erfuhr, dass Aladdin nun ein königliches Leben führte, durch die Unterstützung des Dschinni von der Lampe.

Am nächsten Tag machte sich der afrikanische Magier auf den Weg und erreichte sehr schnell die Hauptstadt. Dort ging er in einen Khan, einer Herberge, wo er vom Wohlstand Aladdins erfuhr, seiner Großzügigkeit seiner Beliebtheit und natürlich auch von seinem königlich ausgestatteten Palast, der in der Nähe des Sultans errichtet wurde. Auch die Heirat mit der Tochter des Sultans, der Prinzessin Buddir al Buddoor, wurde ihm zugetragen.

Der afrikanische Magier wusste auch gleich, wer den Reichtum bei Aladdin geschaffen hatte. Er sah die reiche Ausstattung seines Palastes und konnte sich gut vorstellen, wie die Dschinnis der wunderbaren Lampe und die Sklaven der Lampe diese Wunder vollbracht hatten. Verärgert über den hohen Stand, den Aladdin dadurch errungen hatte, kehrte er zurück zu seinem Khan. Er bemühte verschiedene Methoden der Weissagung, um herauszufinden, wo sich die Lampe befand. Durch Zufall erfuhr er, dass sie gegenwärtig in einer durch einen Vorhang verborgenen Nische im Arbeitszimmer Aladdins stand, mit allerlei Tüchern und einem kleinen Teppich zugedeckt.

,Wunderbar!' sagte der Magier zu sich selbst und rieb sich schon die Hände, ,ich werde in den Besitz der Lampe kommen und Aladdin dahin zurückversetzen, wo er einmal war - in den Zustand bitterster Armut. Darauf freute er sich schon im Vorfeld.

Am nächsten Tag erfuhr er vom Herbergsleiter des Khan, in dem er wohnte, dass Aladdin sich gegenwärtig auf einem Jagdausflug befinde, der ungefähr acht Tage dauern würde. Drei Tage waren inzwischen schon vergangen. Mehr wollte der Magier gar nicht hören. Er wusste, was er jetzt zu tun hatte. Er ging zu einem Kupferschmied und fragte, ob er bei ihm zwölf Kupferlampen bestellen könnte. Es wird aber dauern, sagte der Handwerker, aber bis morgen könnte er sie beschaffen. Der Magier legte aber Wert darauf, dass er sie sorgfältig verarbeiten, löten und anschließend polieren sollte.

Zum vereinbarten Zeitpunkt holte der Magier die Lampen ab. Er zahlte dem Handwerker einen guten Preis, ohne zu handeln, und legte sie in einen großen Korb, den er an seinem Arm trug. Sein Weg führte ihn direkt zum Palast Aladdins. Als er in seine Nähe kam, begann er auszurufen:

‚Wer will seine alten Lampen gegen neue tauschen?'

Und als er weiter die Straße entlang ging, umzingelten ihn Kinder, schrien und johlten, weil sie dachten, dieser Mann ist vielleicht nicht ganz richtig im Kopf, weil er neue Lampen gegen alte eintauschte. Der Magier achtete nicht auf ihr Gejohle und auf ihren Spott, nicht auf alle Schimpfworte, die sie ihm entgegenschrien, er fuhr fort auszurufen:

‚Wer will alte Lampen gegen neue tauschen?'

Er wiederholte seine Ausrufe immer wieder, ging vor dem Palast hin und her und hoffte, dass irgendwann eine Dienerin oder Sklavin die Palasttür öffnete und nach ihm schaute. Und so kam es. Die Prinzessin, die sich gerade in der Empfangshalle mit den vierundzwanzig Fenstern befand, hörte das Geschrei der Kinder und sah einen alten Mann, den sie umringten und abwechselnd auf ihn und ihren Kopf zeigten, als hätte er seinen Verstand verloren. Eine Sklavin wurde hinausgeschickt, um nachzuschauen. Sie kam auch sofort wieder zurück und lachte so sehr, dass die Prinzessin ärgerlich wurde.

‚Eure Majestät!' sagte die Sklavin, immer noch ein unterdrücktes Lachen in ihrem Gesicht, ‚wer kann ernst bleiben, wenn er einen alten Mann sieht, mit einem Korb am Arm, der mit nagelneuen Lampen gefüllt ist und fragt, wer sie eintauschen will gegen alte? Die Kinder und der Mob, die ihn umringen, bedrängen ihn so sehr, dass er sich kaum rühren kann. Sie beschimpfen und verspotten ihn.'

Eine andere Sklavin, die sich zu ihnen gesellte und alles mitgehört hatte, sagte:

‚Ich weiß nicht, ob die Prinzessin beobachtet hat, dass auf dem obersten Regal unseres Herrn im Arbeitsraum eine Lampe steht. Wem sie auch immer gehört - er wird hinterher glücklich sein, dass dort eine neue Lampe steht. Wenn meine Herrin sich entscheiden wird, sie gegen eine alte umzutauschen, wird sie sich vielleicht freuen, den Tausch selbst in die Hand zu nehmen und zu dem alten Mann zu gehen.'

Die Prinzessin, die die Bedeutung der Lampe nicht kannte, ließ sich von der Sklavin überzeugen und forderte sie auf, die alte Lampe in Aladdins Arbeitsraum gegen eine neue zu tauschen. Sie rannte dem afrikanischen Magier hinterher und zeigte sie ihm.

Der Magier zweifelte nicht daran, dass dies die echte Lampe war. Es konnte keine andere Lampe sein als die aus diesem Palast, wie er sie in seiner Wahrsager-Kugel gesehen hatte. Er schnappte sie hastig aus ihrer Hand, als ob er fürchtete, sie könnte ihm noch einmal entrissen werden und drückte sie, so fest er konnte, an seine Brust. Großzügig reichte er ihr den Korb, damit sie sich die schönste aussuchen konnte. Gleich danach schrien die Kinder und verspotteten den Magier, als wäre er wirklich verrückt. Aber er war nicht verrückt. Einige zeigten ihm zwar den Vogel. Aber das hatte nicht viel zu bedeuten.

Der afrikanische Magier hielt sich nicht länger in der Nähe der beiden Paläste auf. Er beschleunigte seine Schritte, die Lampe fest an seine Brust gedrückt, und konnte auf diese Weise die Kinderschar abschütteln. Endlich verfolgten sie ihn nicht mehr. Er setze sich am Straßenrand auf einen Stein, zog aus seinem Hemd die Lampe heraus, schaute etwas ungläubig auf sie, während ein Lächeln über sein Gesicht huschte. So viele Jahre hatte er darauf gewartet und überlegt, wie er an die Wunderlampe kommen könnte.

Er konnte sein Glück kaum fassen. In den letzten Jahren dachte er immer noch, dass sie in der Höhle lag. Dass Aladdin sich inzwischen in ein Skelett verwandelt haben müsste, lag in der Natur der Dinge, die auch ein Dschinni nicht beeinflussen konnte. Er konnte sich nicht genug loben, dass er aus reiner Langeweile einmal Aladdins Horoskop aufgestellt hatte. Wie schlau er doch manchmal sein konnte. Und dann fiel ihm wieder ein, dass er nach dem Horoskop noch lebte.

Mit solchen Gedanken eilte er durch die Vorstadt und wählte Straßen, die er noch nie betreten hatte. Immer noch saß ihm die Angst im Nacken, dass ihn jemand beobachtet haben könnte und ihm folgen würde, um ihm die Lampe abzunehmen. Da er keinen Nutzen darin sah, den Korb mit den restlichen Lampen weiter zu tragen, stellte er ihn irgendwo unter einen Baum. Er durchschritt die Stadtgrenze, die Tore waren noch geöffnet, und hastete immer noch in Richtung Süden, als wollte er später ein Schiff nehmen, um nach Afrika überzusetzen.

Langsam war es dunkel geworden. Regenwolken hatten sich vor die untergehende Sonne geschoben. Es würde nicht mehr lange dauern, dann müsste er einen Unterstand aufsuchen oder eine Scheune, die er von Weitem sah. Kaum hatte er sie erreicht, fing es an zu regnen. In der Dunkelheit tastete er seine Brust ab und zog die Wunderlampe wieder hervor, die er dort versteckt hatte. Er rieb sie. Gleich darauf erschien der Dschinni und sagte:

‚Was wünscht Du Dir? Ich bin bereit, Dir als Sklave zu dienen. Auch die anderen Sklaven werden Dir dienen, sobald Du es befiehlst.'

‚Ich befehle Dir,' erwiderte der Magier, ‚dass Du mich so schnell wie möglich, zusammen mit dem Palast, den Du und die anderen Sklaven in der Stadt aufgebaut haben, mit all den Menschen, die darin wohnen, nach Afrika verlegst.'

Der Dschinni antwortete nicht, aber mit Hilfe zusätzlicher Sklaven der Lampe gelang es ihm, alle Ge-bäude und Menschen nach Afrika zu versetzen. Früh am Morgen, als der Sultan wie üblich aus dem Fenster schaute und Aladdins Palast bewundern wollte, wischte er sich mehrmals über seine Augen, denn er fürchtete, dass sein Augenlicht inzwischen so nachge-lassen hatte, dass er nichts mehr sah. Als er immer und immer wieder hinsah, musste er sich eingestehen, dass Aladdins Palast wirklich nicht mehr da stand, wo er im-mer stand. Er war wie vom Erdboden verschluckt.

Er fürchtete, dass nicht nur sein Augenlicht, sondern auch seine Vorstellungskraft völlig versagte. War es tatsächlich eine Folge seines ausschweifenden Lebens? Mit Rebhuhn und Lärchensalat schon zum Frühstück und Forelle in Blau als Nachspeise? Er konnte nicht mehr begreifen, dass ein Palast, den er jeden Tag gesehen hatte, so mir nichts Dir nichts verschwand und nicht einmal einen einzigen kleinen Holzsplitter zurückließ.

In dieser Ratlosigkeit schickte er den Großvezier mit einem Trupp bewaffneter Soldaten in die Umgebung der Stadt, um Nachforschungen anzustellen, ob irgendwo ein Palast stand, den zuvor noch niemand gesehen hatte.

Der Großvezier, der im Grunde seines Herzens nie etwas für Aladdin übrighatte und schon immer vermutete, dass der Palast mithilfe eines Magiers erbaut worden war, sah seine einmalige Chance, Aladdin zurückzuzahlen, was er seinem Sohn angetan hatte. Er hatte als jemand, der ihnen wie ein Hund zugelaufen war, letztendlich die Prinzessin für sich erobert.

Insofern beeilte er sich nicht so sehr bei der Suche nach dem Palast und ließ sich Zeit. Er sah Aladdin sowieso schon hinter Gittern. Vielleicht hatte Aladdin, fiel ihm noch ein, eine Zauberformel benutzt, die er fehlerhaft wiedergegeben hatte und dadurch all sein Vermögen verlor.

Es geschah ihm Recht, dass dieser Fremde, dieser Nichtsnutz jetzt seiner Höchststrafe entgegensah. Der Großvezier nutzte die Chance und überzeugte den Sultan, dass Aladdin als Staatsgefangener gelte und in Gewahrsam genommen werden müsse.

Als sein Schwiegersohn in Handschellen vor den Sultan gebracht wurde, wollte er von ihm kein Wort hören. Er befahl seinem Henker, ihn zu töten. Er setzte auch schon den Zeitpunkt fest, an dem er geköpft werden sollte. Aber sein hartes Urteil verursachte großen Unmut in der Bevölkerung. Er hatte unterschätzt, dass Aladdin sehr beliebt war.

Durch seine großzügigen Spenden und seine uneingeschränkte Bereitschaft, in Not geratenen Bürgern zu helfen, hatte er sich viele Sympathien verschafft, so dass der Sultan fürchtete, er würde durch dieses Urteil mehr Unheil anrichten als die Sache wert war.

Kurz gesagt, er fürchtete um seinen Thron, wenn er weiter den Ratschlägen seines Großveziers folgte und Aladdin zum Tode verurteilte. Er änderte deshalb in einem Anflug von Großmut sein Urteil, begnadigte ihn und schenkte ihm das Leben. Aladdin erhielt nun die Gelegenheit, das Wort an den Sultan zu richten:

‚Majestät!' sagte er, ‚Ich bitte Sie inständig, mir mitzuteilen, wodurch ich die Zuneigung seiner Majestät verloren habe.'

‚Dein Verbrechen!' antwortete der Sultan, ‚Du undankbarer Schurke! Weißt Du es nicht? Folge mir und ich werde es Dir zeigen.'

Der Sultan führte Aladdin in das Appartement, wo er aus dem Fenster auf Aladdins Palast schauen konnte, um es von dort aus zu bewundern. Er sagte:

‚Du solltest wissen, wo Dein Palast einmal stand. Schau genau hin und erzähle mir dann, was aus ihm geworden ist.'

Aladdin warf einen Blick in die Richtung, auf die ihn der Sultan hingewiesen hatte und war über den Verlust seines Palastes so erschüttert, dass er nichts erwidern konnte. Als er sich gefasst hatte, sagte er:

‚Es ist wahr, Majestät, auch ich sehe keinen Palast. Er ist verschwunden. Aber es war nicht meine Absicht, dass er sich so mir nichts Dir nichts in Luft auflöste. Ich bitte Sie, mir vierzig Tage zu schenken. Und wenn ich in vierzig Tagen den Palast nicht wiederherstellen kann, biete ich Ihnen meinen Kopf als Pfand an.

Dann können Sie mich köpfen, wann immer es Ihnen beliebt.'

,Ich gebe Dir die Zeit, um die Du mich bittest, aber am Ende der vierzig Tage vergiss nicht, vor mir zu erscheinen.'

Aladdin verließ den Palast des Sultans in einer außerordentlich deprimierenden Verfassung. Noch nie, auch nicht in der Zeit, als er noch arm war, hatte er eine Demütigung dieser Art erlebt. Die Lords, die ihn bisher in allem gebotenen Respekt begegnet waren, als er noch die Zuneigung des Sultans besessen hatte, wendeten sich von ihm ab und taten so, als würden sie ihn nicht kennen. Freunde, die, wie sich jetzt herausstellte, Freunde waren, weil sie sich dadurch gewisse Vorteile versprachen, wechselten verlegen die Straßenseite, wenn er ihnen entgegenkam.

Drei Tage lang wanderte er durch die Stadt, fragte jeden, den er traf, ob er seinen Palast irgendwo am Stadtrand gesehen hätte oder ob er ihm irgendetwas davon mitteilen könnte. Am dritten Tag verließ er die Stadt und wendete sich einem ländlich geprägten Stadtteil zu, überquerte einen Fluss, stieg am andern Ufer die Böschung hoch und stolperte über einen Ast. Durch Zufall rieb er dadurch den Ring, den ihm der Magier an den Finger gesteckt hatte. Es ging auch diesmal sehr schnell, da erschien ein Dschinni vor ihm, den er noch aus der Höhle kannte. Er fragte ihn:

,Was wünscht Du Dir?' fragte er, ,ich bin bereit, Dir zu folgen und allen, die diesen Ring tragen. Alle Sklaven des Ringes stehen zu Deiner Verfügung!'

Aladdin, der vorübergehend überrascht war, dass ihm jemand helfen wollte, antwortete:

,Dschinni, zeige mir den Palast, den ich mit den Dschinnis der Lampe erbaut habe, wo ich ihn finden kann. Oder bringe ihn wieder dahin zurück, wo er früher gestanden hat.'

,Deinen Befehl kann ich nicht ausführen. Er liegt nicht in dem Bereich, in dem ich Gewalt ausüben kann,' erwiderte der Dschinni, ,Ich bin nur der Sklave des Rings und nicht der Lampe.'

,Dann befehle ich Dir,' erwiderte Aladdin, ,bringe mich mit der Kraft des Rings dahin, wo mein Palast steht, gleichgültig, wo es ist.'

Die Worte waren kaum ausgesprochen, als der Dschinni ihn nach Afrika versetzt hatte, mitten auf eine weite Ebene, wo der Palast in einer größeren Entfernung zur Stadt errichtet war. Der Dschinni hatte ihn direkt unter das Fenster abgelegt, hinter dem die Prinzessin in ihrem Appartement lebte. Durch einen glücklichen Zufall hatte ihn eine Begleiterin der Prinzessin Buddir al Buddoor gesehen und dies sofort ihrer Herrin gemeldet.

Die Prinzessin, die nicht glauben konnte, was sie sagte, eilte sofort zum Fenster, und als sie ihn gesehen hatte, öffnete sie es. Das Geräusch des Öffnens ließ Aladdin unmittelbar nach oben schauen, wo er auch die Prinzessin sah und sie mit Freuden begrüßte.

‚Um keine Zeit zu verlieren,‘ sagte sie zu ihm, ‚Ich habe meine private Tür öffnen lassen, Du kannst zu mir hochkommen.‘

Die private Tür, die sich direkt unter dem Appartement der Prinzessin befand, wurde bald geöffnet, während Aladdin von einer Sklavin nach oben in das Gemach der Prinzessin geführt wurde. Es ist nahezu unmöglich, die ausgelassene Freude zu beschreiben, die beide empfanden, als sie sich nach so langer Zeit wieder in den Armen lagen. Tränen der Freude flossen, als Aladdin sich neben sie setzte und sie umarmte. Er sagte:

‚Ich bitte Dich, Prinzessin, mir zu sagen, was mit meiner alten Lampe geschehen ist, die auf einem Regalbrett in meinem Arbeitszimmer stand.‘

‚Du lieber Himmel!' antwortete sie, ‚ich habe es befürchtet, dass unser Unglück etwas mit der Lampe zu tun hätte. Und was mich am meisten ärgert - ja, geradezu schmerzt, ist, dass ich daran schuld bin! Ich war dumm genug, um die alte Lampe gegen eine neue zu tauschen. Und am nächsten Morgen befand ich mich bereits in diesem fremden Land, von dem man mir erzählte, dass es Afrika ist.'

‚Prinzessin,' unterbrach sie Aladdin, ‚Du hast mir alles erzählt. Wir sind in Afrika. Ich würde nur gern von Dir wissen, wo sich jetzt die alte Lampe befindet.'

‚Der afrikanische Magier trägt sie, in einem Tuch eingewickelt, an seiner Brust.' sagte die Prinzessin.' , Ich kann es Dir mit Sicherheit sagen, denn er zeigte sie mir triumphierend, als er mich eines Tages zu einem Kaffee einlud.'

‚Prinzessin,' sagte Aladdin, ‚ich bin mir sicher, wie wir wieder in den Besitz der Lampe kommen. Von ihr hängt mein ganzer Wohlstand ab. Um den Plan auszuführen, muss ich zuerst in die Stadt gehen. Ich werde gegen Mittag wieder hier sein. Dann werde ich Dir sagen, was Du tun musst, damit mein Plan erfolgreich ist. Bis dahin verlasse ich Dich und bitte Dich nur, die private Tür geöffnet zu halten, wenn ich zurückkomme. Wenn ich einmal klopfe, weißt Du, dass ich es bin.'

Als Aladdin den Palast verließ, schaute er sich um und sah nicht weit von ihm entfernt einen Bauern auf einem Feldweg gehen. Er holte ihn ein und machte ihm den Vorschlag, mit ihm die Kleidung zu tauschen. Der Bauer wunderte sich, dass jemand seine schöne Kleidung einfach so verschenkt, aber er war mit dem Handel einverstanden. Sie zogen sich um, und jeder ging anschließend seinen Geschäften nach, als wäre nichts geschehen. Der Bauer musste auf dem Feld weiterarbeiten, während Aladdin in die benachbarte Stadt ging.

Er überquerte mehrere Straßen und kam in eine Gegend, wo Händler in den Türen ihrer Läden standen und jeden einluden, hineinzukommen. Schließlich fand er die Straße der Drogisten. Auch dort schienen die Geschäftsleute um ihre Kunden zu werben. Eine Drogerie gefiel ihm. In die trat er ein und fragte nach einem Pulver, das er kaufen wollte. Der Drogist, der ihn von der Seite anschaute und ihn wegen seiner Kleidung als armen Schlucker einschätzte, sagte, dass er zwar das Pulver hätte, dass es aber sehr teuer sei.

‚Immerhin würden zehn Gramm ein Goldstück kosten,‘ sagte er und wollte das große Glas mit dem Pulver wieder ins Regal stellen, als Aladdin seine Börse aus der Jackentasche holte und ein Goldstück auf den Tisch legte.

Mit dem geheimnisvollen Pulver eilte er zurück zum Palast, öffnete die private Tür zum Appartement der Prinzessin und bat sie, sich neben ihn zu setzen.

‚Prinzessin! Du müsstest einen Teil unseres Plans ausführen. Nur Du hast Zugang zum afrikanischen Magier. Vielleicht lädst Du ihn zu Dir ein. Unterhalte Dich mit ihm, frage ihn zum Beispiel, was er mit Dir vorhat und sei freundlich zu ihm. Sollte er sich dann erheben und Dein Appartement verlassen wollen, frage ihn, ob er mit Dir noch eine Tasse Kaffee trinken möchte. Ich bin mir sicher, dass er sich dadurch sehr geehrt fühlen und Deine Einladung annehmen wird.‘

‚Du musst ihm dann die Tasse reichen, in dem Du vorher das Pulver gemischt hast. Wenn er den Kaffee dann ausgetrunken hat, wird er unmittelbar danach fest einschlafen. Das ist dann der Augenblick, in dem Du ihm die Lampe abnimmst. Und dann haben wir schon fast alles gewonnen. Denn die Sklaven der Lampe werden nur uns unterstützen, die wir die Lampe besitzen.‘

Die Prinzessin führte genau alle Hinweise ihres Ehemanns aus. Während seines üblichen Besuchs bemerkte sie, dass der afrikanische Magier guter Laune war und nahm die Gelegenheit wahr, ihn zu einer Unterhaltung einzuladen. Er fühlte sich dadurch sehr geschmeichelt, zumal sie in den letzten Tagen ihm gegenüber sehr zurückhaltend war - ja, geradezu abweisend.

Als sich der Abend langsam näherte, in dem sie all ihren Charme aufwandte, um ihm zu gefallen, fragte sie ihn, ob er mit ihr noch eine Tasse Kaffee trinken möchte. Mit Freuden nahm er die Einladung an und trank aus Sympathie zu ihr die Tasse in einem Zuge aus.

Als er leblos aufs Sofa zurückfiel, kam im selben Augenblick Aladdin durch die private Tür und eilte zu ihm. Der Magier lag wie tot auf dem Sofa. Aladdin öffnete die Weste des Magiers und entnahm die Lampe, die in einem Tuch eingewickelt war. So schwer es ihm auch fiel, er musste nun allein sein und schickte die Prinzessin in ein Nebenzimmer. Er rieb an der Lampe, und sofort erschien der Dschinni, der sich ihm wieder als sein Sklave anbot.

‚Dschinni,' sagte er, ‚ich befehle Dir, versetze den Palast mit seinen Bewohnern wieder dahin, wo er einmal stand.'

Der Sklave neigte seinen Kopf vor Aladdin, um ihm seine Ergebenheit und seinen Gehorsam zu zeigen und verschwand. Unmittelbar darauf stand der Palast mitsamt seinen Bewohnern da, wo er früher zu sehen war. Seine Verlagerung in den anderen Kontinent merkten die Bewohner nur durch eine Erschütterung während des Abhebens in die Luft und während der Landung auf dem alten Platz, wo er einmal gestanden hatte.

Am nächsten Morgen, als der Sultan wie üblich aus seinem Fenster hinausschaute, konnte er nicht glauben, was er sah. Er dachte zurück an die Tage, an denen er voller Trauer und mit Tränen in den Augen hinausschaute und nicht mehr auf den Palast mit seiner geliebten Tochter schauen konnte. Wie oft hatte er Aladdin verflucht, der das Unglück herbeigeführt und ihm seine Tochter gestohlen hatte. Als er aber noch einmal durch seine tränenumflorten Augen schaute, erkannte er Aladdins Palast und wusste, dass seine Tochter noch lebte und bei ihm war.

Der Sultan befahl, ihm sofort ein Pferd zu satteln, das er auch gleich bestieg. Er hatte das Gefühl, dass alles viel zu langsam ging. Er schlug dem Pferd seine Sporen in die Flanken, dass es einen Satz vorwärts machte und ihn fast abwarf, aber schließlich sprang er vor dem Tor aus dem Sattel und konnte nicht schnell genug zur Empfangshalle laufen, um seine Tochter in die Arme zu schließen.

Aladdin stand schon bei Tagesanbruch auf, zog seine beste Festtagskleidung an und ging in die Empfangshalle mit den vierundzwanzig Fenstern, wo er den Sultan sah, der gerade vom Pferd gesprungen war. Er öffnete ihm die Eingangstür und hieß ihn mit einer tiefen Verbeugung herzlich willkommen. Er führte ihn zum Appartement der Prinzessin. Der glückliche Vater umarmte seine Tochter mit Tränen der Freude in seinen Augen. Und die Tochter zeigte die gleichen Empfindungen, die gleiche Freude, ihren Vater wiederzusehen.

Nach einer kurzen Zeit, als sie durch verschiedene Korridore gingen, um den Speisesaal zu erreichen und dort das fulminante Frühstück einzunehmen, erzählten sie dem Sultan, was in der Vergangenheit geschehen war. Der Sultan schenkte Aladdin wieder seine Zuneigung und entschuldigte sich bei ihm für seine harte Reaktion nach dem Verschwinden des Palastes mitsamt allen Bewohnern.

,Mein Sohn!' sagte er, ,ich würde mich freuen, wenn Du mir mein Verhalten nicht ewig nachträgst. Ich musste es tun. Meine Tochter war von heute auf morgen verschwunden. Und dein Palast ebenso. Was blieb mir übrig? Meine Tochter ist für mich mein ein und alles. Und Du warst derjenige, der schuld daran war, dass sie auf einmal nicht mehr da war. Du warst der Dieb. Du warst der Verursacher meiner Leiden. Ein Verbrecher! Und ein Verbrecher verdient nun mal, nach unseren Gesetzen, den Tod. Ich bin froh, dass wir nicht so weit gegangen sind, Dich zu köpfen. Allah sei Dank, dass er mir rechtzeitig Einhalt gebot!'

,Majestät!' erwiderte Aladdin, ,Ich habe wirklich keinen Grund, mich über Ihr Verhalten zu beschweren. Sie haben nichts getan, was nicht Eure Pflicht war. Dieser Magier, einer der übelsten Vertreter seines Gewerbes, war die Ursache meines Unglücks.'

Der afrikanische Magier, der zum zweiten Mal in seinem Bestreben daran gehindert wurde, Macht über Aladdin zu erhalten, hatte einen jüngeren Bruder. Er war genauso schlau und raffiniert als Magier wie er selbst, aber viel boshafter und voller Hass gegenüber der Menschheit. Sie hatten vereinbart, ein Mal im Jahr miteinander Kontakt zu haben, jedoch zogen beide es vor, möglichst weit voneinander zu wohnen.

Als der jüngere Bruder längere Zeit keinen Kontakt mit seinem älteren Bruder hatte, fertigte er eines Tages ein Horoskop von ihm, um seine gegenwärtige Situation zu erfahren. Zusammen mit seinem Bruder trugen sie jeweils ein geometrisches rechtwinkliges Instrument mit sich, mit dem sie als Werkzeug in die Zukunft schauen konnten. Er zeichnete Figuren in den Sand, verband die einzelnen Punkte, wodurch wieder eine andere Figur entstand, die er besser deuten konnte. Indem er die planetarischen Gestirne am Himmel untersuchte, verrieten sie ihm auch, dass sein Bruder nicht mehr lebte – ja, dass er sogar vergiftet wurde.

Durch eine weitere Voraussage erfuhr er, dass sich sein Bruder in einem Königreich aufhielt, das eine Tagesreise von ihm entfernt lag. Auch konnte er ablesen, dass die Person, die ihn vergiftet hatte, von einfacher, ärmlicher Geburt war. Trotzdem konnte er die Prinzessin heiraten, die Tochter des Sultans. Als der Magier sich genauestens über das Schicksal seines Bruders informiert hatte, entschloss er sich, seinen Tod zu rächen.

Er zögerte nicht lange, sich schon am nächsten Tag auf den Weg zu machen. Nach einem beschwerlichen Weg, den er durch Wüstenstriche unternahm, wild reißende Flüsse überquerte, Berge hochstieg und wieder in die weite Präriefläche herunterstieg, erreichte er nach vielen Mühen sein Ziel.

Er mietete sich in einem Khan ein und hatte dort Zeit und die Möglichkeit, Erkundigungen einzuziehen. Auch mithilfe magischer Formeln gelang es ihm, herauszufinden, dass Aladdin der Übeltäter war, der seinen Bruder auf dem Gewissen hatte. Auch hatte er von einer alten Frau gehört, die sich von der Welt zurückgezogen hatte, wie auch von den Wundern, die sie vollbracht hatte.

Er bildete sich ein, dass diese Frau, die in der Stadt als Heilerin verehrt wurde, für ihn einmal nützlich sein könnte. Er erkundigte sich genau, wo sie wohnte, wer sie in Wirklichkeit war und welche Wunder sie schon geschaffen hatte.

‚Was?' sagte die Frau, die er gefragte hatte, ‚Du hast noch nie von ihr gehört? Sie heißt Fatima und genießt die Verehrung der ganzen Stadt. Von Zeit zu Zeit fastet sie - ja sie lebt dann einige Wochen, ohne etwas zu essen, sie wohnt sehr einfach und hält nichts davon, wenn sich jemand mit Luxus umgibt. Sie führt ein außergewöhnliches Leben. Außer am Montag und Freitag rührt sie sich nicht aus ihrer Zelle. An den Tagen, an denen sie in die Stadt kommt, tut sie nur Gutes. Sobald jemand in der Stadt an einer Krankheit leidet, legt sie ihre Hand auf die kranke Stelle seines Körpers und heilt sie.'

Nachdem der Magier herausgefunden hatte, in welchem Stadtteil sich die Eremitenwohnung der heiligen Frau befand, machte er sich nachts auf den Weg und fand ihren abgelegenen Hof, einige Felder vom Stadtrand entfernt. Er gab vor, dass er es vor Schmerzen nicht mehr aushalte. Sein Rücken würde im Schulterbereich schon völlig steif sein. Er ließ sich von ihr die Hand auf die angeblich schmerzende Stelle legen, und als sie noch einige Worte murmelte, die er nicht verstand, drehte er sich blitzschnell um und stach ihr mit seinem Dolch ins Herz. Ja, er tötete diese gute alte Frau.

Am frühen Morgen suchte er verzweifelt seinen Schminkkoffer, bis er ihn schließlich unten in seinem Rucksack fand. Er färbte sein Gesicht in dem gleichen Farbton, den die heilige Frau hatte, als sie noch lebte, zog ihre Kleidung an, bedeckte sein Gesicht auch mit ihrem Schleier, legte ihre Kette um seine Hüften, wie es immer ihre Gewohnheit war. Dann nahm er ihren Stock und ging humpelnd zum Palast Aladdins.

Sobald die Leute die heilige Frau erkannten, bildete sich ein großer Menschenauflauf, der sich um ihn scharte. Er stand auf einmal inmitten einer hilfesuchenden Menschenmenge. Jeder wollte etwas von ihm haben. Einige baten um seinen Segen, andere küssten seine Hand, wiederum gab es welche, die zurückhaltender waren und nur den Saum seiner Kleidung küssten. Dann drängten sich einige in seine Nähe, weil sie sich von ihm eine Linderung ihrer Schmerzen erhofften. Sie baten ihn, seine Hand auf die kranke Stelle zu legen - und er tat es.

Er ging sogar so weit, zusätzlich einige Gebete zu murmeln. Kurz gesagt, er wusste, sich zu benehmen wie sie, und die Menschen nahmen ihm seine darstellerischen Künste ab. Ohne Zweifel hielten sie ihn für echt. Schließlich schaffte er es, sich bis zum Marktplatz vorzukämpfen, wo er in der Nähe den Palast Aladdins hinter einer hohen Hecke erkannte. Den Lärm, den die ihn umgebende Menschenmenge verursachte, erweckte die Neugier der Prinzessin, die sich gerade in der Empfangshalle mit den vierundzwanzig Fenstern befand.

Eine ihrer Sklavinnen berichtete ihr, dass es eine größere Menschenmenge sei, die sich um die berühmte heilige Frau scharten, um von ihr eine Linderung ihrer Leiden zu erbitten. Sie stünden um sie herum, entblößten ihre Beine oder Arme und baten sie, ihre Hand aufzulegen. Die Prinzessin, die schon oft von der heiligen Frau gehört hatte, sie aber nie gesehen hatte, äußerte den Wunsch, sie einmal kennenzulernen. Der Offizier, der bei ihr war, machte den Vorschlag, sie einfach in den Palast zu bitten. Die

Prinzessin schickte daraufhin vier Sklavinnen zur angeblich heiligen Frau.

Sobald die Menge sah, dass die Dienerschaft der Prinzessin den Weg zur heiligen Frau einschlug, gingen sie zu Seite, während der Magier sofort ahnte, dass sie zu ihm kamen, um ihn zu abzuholen. Er freute sich, dass sein Plan aufging.

,Heilige Frau!' sagte eine der Sklavinnen, ,die Prinzessin würde Sie gern kennenlernen und bittet Sie, zu ihr in den Palast zu kommen.'

Zugleich folgte die angebliche Fatima den Sklavinnen in den Palast. Als er die üblichen Begrüßungszeremonien hinter sich hatte, sagte die Prinzessin zu ihr:

,Meine gute Mutter! Ich habe eine Bitte, die Sie mir nicht abschlagen dürfen. Bleiben Sie eine Weile bei mir! Ich möchte gern von Ihnen Ihre Art zu leben kennenlernen. So könnte ich vielleicht von Ihrem guten Beispiel lernen.'

,Prinzessin!' sagte die falsche Fatima, ,ich bitte Dich, von mir nicht etwas zu verlangen, wodurch ich meine Gebete und meine Andacht vernachlässigen könnte.'

,Das sollte kein Hindernis für Sie sein,' antwortete die Prinzessin, ,Ich habe jede Menge

Appartements, die unbewohnt sind. Sie können sich entscheiden, welches Ihnen am besten zusagst. Dann könnten Sie ungestört und in aller Freiheit Ihre Andacht auf die gleiche Art abhalten wie zuhause in ihrer Zelle.'

Der Magier war da, wo er immer sein wollte. Sein Plan schien sich zu bewähren. Er wollte sich genauso, wie es zurzeit lief, in den Palast einführen, weil es viel leichter für ihn war, seinen Plan auszuführen. Deshalb entschuldigte er sich nicht lange, sondern nahm das Angebot der Prinzessin dankbar an.

,Prinzessin!' sagte er, ,was auch immer eine erbärmliche Frau wie ich über den Pomp und den Größenwahn der Welt gesagt hat, wage ich kaum dem Willen und den Befehlen einer frommen und liebenswerten Prinzessin zu wiedersprechen.'

Der Magier folgte der Prinzessin, die ihm alle Appartements zeigte. Von allen, die er gesehen hatte, wählte er ausgerechnet das, welches in einem sehr schlechten Zustand war. Er behauptete, dass auch dies viel zu gut für ihn wäre und dass er es nur nehme, um ihr zu gefallen. Danach brachte ihn die Prinzessin wieder zurück in die Empfangshalle und lud ihn zu einem Essen ein. Er aber lehnte ab. Er fürchtete, sie würde ihn erkennen, sobald er den Schleier Fatimas abnehmen würde. Er bat ernsthaft die Prinzessin, auf das Essen zu verzichten, denn er äße nur Brot und getrocknete Früchte, die er zudem lieber in seinem Appartement zu sich nähme.

Die Prinzessin nahm auf seine Wünsche Rücksicht. Er sagte:

‚Prinzessin!‘ sagte die falsche Fatima, ‚indem er voller Heuchelei sagte, ‚vergib mir die Freiheiten, die ich mir erlaubte. Aber meiner Meinung nach, wenn es überhaupt von irgendeiner Wichtigkeit wäre, könnte ein Ei des Riesenvogels Roc, das in der Mitte eines Doms aufgehängt wäre, kaum so viel Aufmerksamkeit erregen wie Deine Empfangshalle mit den vierundzwanzig Fenstern. Sie ist das Wunder des Universums.‘

‚Meine gute Mutter,‘ sagte die Prinzessin, ‚Was ist ein Roc? Und woher würde man ein Ei bekommen?‘

‚Prinzessin, ‚erwiderte die unechte Fatima, ‚es ist ein Vogel von ungeheurer Größe, so groß wie der Berg Kaukasus. Der Architekt Deines Palastes könnte Dir ein Ei besorgen.‘

Nachdem die Prinzessin der falschen Fatima für ihren Ratschlag gedankt hatte, unterhielt sie sich noch über andere Themen. Aber sie konnte nicht das Ei des Roc vergessen, von dem sie Aladdin berichten wollte, wenn er wieder zurück in seinem Appartement wäre. Er kam auch im Laufe des Abends zurück von einer Reise. Sobald er in seinem Appartement erschien, fragte ihn die Prinzessin:

‚Ich habe immer geglaubt, dass unser Palast der schönste, der größte, der großartigste in der ganzen Welt wäre. Aber ich werde Dir jetzt folgendes sagen: Das, was der Empfangssaal benötigt, ist ein Ei des Riesenvogels Rock, das mitten im Dom hängt.‘

‚Prinzessin!‘ erwiderte Aladdin, es genügt, wenn Du denkst, dass dieses Appartement unbedingt ein Ornament benötigt. Du wirst durch Deine Klugheit wahrnehmen, wie ich es mache, dass Du das bekommst, was du Dir wünscht. Ich werde keine Anstrengung scheuen, alles für Dich zu tun, um Dich glücklich zu machen.‘

Einen Augenblick lang ließ er die Prinzessin Buddir al Buddor allein und ging hinauf in den Empfangssaal mit den vierundzwanzig Fenstern. Dort zog er die Lampe aus dem Versteck unter seiner Weste, die er nach der Erfahrung mit ihr ständig bei sich trug, und rieb sie an einer Seite. Sofort erschien der Dschinni.

‚Dschinnie!' sagte Aladdin, ‚ich befehle Dir im Namen dieser Lampe, dass Du ein Ei des Roc hierherbringst und in der Mitte des Doms aufhängst.'

Kaum hatte Aladdin diese Worte ausgesprochen, als die Halle anfing zu beben und zu zittern. Dann sagte der Dschinni in einer lauten, sich schrecklich anhörenden Stimme, die Aladdin noch nie von ihm gehört hatte.

‚Ist es denn nicht genug, dass ich und die anderen Sklaven der Lampe alles für Dich getan haben, aber Du mit einer ungeheuren Undankbarkeit befiehlst, dass ich meinen Meister bringen und ihn in die Mitte des Doms aufhängen soll? Dieser verabscheuungswürdige Versuch verdiente es, dass Du, Deine Prinzessin und der Palast so schnell wie möglich in Schutt und Asche gelegt werden sollte. Aber wir werden davon absehen, weil dieser Befehl nicht von Dir persönlich kommt.

‚Der Urheber dieses schrecklichen Wunsches ist der Bruder des afrikanischen Magiers, Deines Feindes, den Du getötet hast. Er befindet sich jetzt in Deinem Palast, getarnt durch die Kleidung der heiligen Frau Fatima, die er ermordet hat. Auf seinen Vorschlag hin hat Deine Frau diesen Wunsch geäußert. Sein Ziel ist, Dich zu töten. Deshalb rate ich Dir, auf Dich aufzupassen.' Nach diesen Worten verschwand der Dschinni.

Aladdin wusste sofort, was zu tun war. Er kehrte zum Appartement der Prinzessin zurück und, ohne zu erzählen, was inzwischen geschehen war, setzte sich aufs Sofa und klagte über Kopfweh. Die Prinzessin befahl gleich einer ihrer Sklavinnen, die heilige Frau zu holen. Sie erzählte Aladdin, dass sie in einem Appartement wohne und ihn sicher durch Handauflegen vom Schmerz befreien würde. Als die falsche Fatima erschien, sagte Aladdin:

‚Komm hierher, gute Mutter! Ich freue mich, Dich hier zu solch glücklicher Stunde zu sehen. Ich quäle mich schon den ganzen Vormittag durch einen Schmerz im Kopf, den ich kaum aushalten kann. Ich hoffe, Du kannst mich durch Deine heilige Hand davon befreien.'

Er erhob sich und hielt seinen Kopf in die Richtung gebeugt, in der er Fatima vermutete. Auch sie näherte sich ihm, während seine Hand die ganze Zeit über auf einem Dolch lag, den er in seinem Gürtel unter der Kleidung verborgen hielt. Aladdin griff mit einem Ruck nach seinem Dolch, zielte mit ihm auf das Herz der falschen Fatima und stieß zu. Dann warf er sie auf den Boden.

‚Mein lieber Prinz! Was hast Du getan?' schrie die Prinzessin, ‚Du hast die heilige Frau getötet!'

‚Nein, meine Prinzessin!' antwortete Aladdin, ‚Ich habe Fatima nicht getötet. Aber ein Mörder war bereit, es zu tun. Und der gleiche Mörder hätte auch mich getötet, wenn ich ihm nicht zuvorgekommen wäre. Dieser Schurke!' fuhr er fort und nahm ihm den Schleier der Fatima vom Gesicht, ‚ist der Bruder des afrikanischen Magiers, der unseren Ruin wollte. Er hat Fatima umgebracht und ihre Kleidung angezogen, um mich zu täuschen und zu töten.'

Aladdin erzählte seiner Frau alles, was ihr der Dschinni berichtet hatte. Er verschwieg auch nicht, dass sie nur knapp dem Tode entronnen wären. Und wie nah sie sich vor ihrem Untergang und ihrer totalen Vernichtung befunden hätten. Dies war die Geschichte von Aladdin, der zwei Brüder als Magier getötet hatte, um sein Leben und das seiner Prinzessin zu retten. Innerhalb weniger Jahre starb der Sultan. Da er keine männlichen Nachkommen hatte, wurde die Prinzessin und ihr Mann Aladdin als seine Nachfolger eingesetzt. Zusammen regierten sie viele Jahre und hinterließen zahlreiche Nachkommen.